유빙이 녹기까지

권미호

유빙이
녹기까지

*

권미호 소설집

아시아

차례

*

오늘 줄서기

기상 앱을 켜서 오늘 오후 여섯 시부터 내일 오후 여섯 시까지의 24시간 날씨 예보를 확인한다. 최저기온 영하 13도, 낮 최고기온은 영하 6도. 운이 없다고도 할 수 있다. 그러나 기온이 오르면 매캐하기까지 한 미세먼지와 사투를 벌여야 한다. 아직 동상에 걸린 적은 없다. 열이 많은 체질이기도 하고 다행히 '라인'에 나설 때마다 날씨 운이 따라주었다. 침낭까지 넣으면 길이 1미터에 달하는 고우 아웃백을 패킹하기 시작한다. 모든 물품을 넣어 놓은 뒤 불필요한 것들을 빼놓는 식이다. 그렇게 해야 늘어놓은 가외 짐들이 3평가량의 고시원을 전부 차지하는 것을 막을 수 있다. 짐 정리를 마친 뒤 배낭을 메고 책상 위에 놓여 있는 야구공을 챙겨 주머니에 넣는다. 오른손으로 야구공을 굴리며 방 안을 한번 훑어본 뒤 형광

등을 끄고 고시원을 나선다.

한겨울 밤샘 줄서기는 이번이 두 번째다. 첫 번째는 실내 체육관에서 진행되어 큰 무리가 없었다. 밤을 지새우는 일이라 주로 사립유치원 추첨대상자인 아이들의 아버지가 줄을 섰다. 그들은 텐트를 가져와 실내 한편에 쳐놓은 뒤 잠을 자기도 하고 낚싯대를 조립해 낚시연습을 하기도 했다. 길고 긴 낚싯대가 공중에서 붕붕거리다, 허공을 가르던 찌가 체육관 내벽을 차르륵 긁어댔다. 영어로만 모든 수업이 이루어진다는, 한 달 원비가 백여만 원에 이른다는 유치원이었다. 그런 유치원도 추첨을 통해서만 들어갈 수 있다는 것을 그때 처음 알았다. 대기 번호 3번으로 선발 인원인 다섯 명 안에 들어간 나는 밤샘 줄서기로 30여만 원을 벌었다. 시간당 2만 원인 셈이었다. 추첨권을 쥐어 주었을 때 의뢰인의 어머니로 보이던 중년 여자는 내 손을 꽉 잡고 놓지 않았다. 부드럽고 따뜻한 탄력이 느껴지는 손이었다. 의사인 아들 내외가 너무 바빠 내게 의뢰했다는 여자는 '누이 좋고 매부 좋고'라는 표현을 썼다. 확실히 조건이 나쁘지 않은 거래였다. 나는 수긍의 의미로 고개를 끄덕였다.

전철역을 나서자 인파들 사이로 지하철역 근처 대로변에 있는 나이키 매장 간판이 보인다. 발걸음을 재게 놀리는데도 목적지로부터 멀어지는 느낌이 든다. 정연하게 선 줄이 어렴풋이 눈에 들어온다. 아랫배가 찌르르 아파오기 시작한다. 줄을 선 이들이 한눈에 들어오지 않는다. 족히 30명 이상은 될 것 같다.

"제기랄. 정보에 물타기가 돼 있었나."

해마다 이맘때면 나이키 봄여름 시즌 한정판 모델의 국내 발매일이 돌아온다. 유명한 디자이너와 컬래버레이션으로 만들어지는 운동화는, 전 세계 소량 한정 발매를 하는 탓에 마니아들로부터 인기가 높다. 라인을 잘 잡기만 하면 페이도 높고 웃돈까지 얹어 받을 수 있는 일이었다. 꼭 가지고 싶지만 시간을 낼 수 없거나, 그럴 필요가 없는 이들이 우리의 고객이다. 이 도시에서는 내가 줄을 선 이곳, 나이키 플래그숍 스토어에서만 판매가 진행된다. 지원자가 많아 라인 따기도 쉽지 않다. 이를 주선해 주는 매니저가 따로 있을 정도다. 나이키 마니아 온라인 카페에서 전날 오후 4, 5시에만 줄을 서기 시작해도 원하는 사이즈를 구매하는 데에 큰 무리가 없다는 글을 누차 확인하고 온 터라 눈앞에 펼쳐진 광경이 당황스럽다. 앞선 30여 명 중에 270사이즈를 원하는 이가 4명 미만이어야 목표를 달성할 수 있다.

"저기요, 무슨 일이랍니까?"

모자부터 운동화까지 나이키로 도배를 한 앞의 남자에게 나는 이유를 물어본다.

"몰랐어요? 떨어졌잖아요."

남자는 마스크를 내리더니 오른손 검지로 허공을 가리키며 대답한다.

"뭐가요? 뭐가 떨어졌나요?"

"오늘 아침에, 맨해튼 리츠 칼턴 호텔 13층에서 요시다가 떨어졌다고요."

요시다는 이번 나이키 컬래보 라인의 메인 디자이너였다. 검색해보니 미국계 일본인인 그가 투신자살했다. 남자는 내렸던 검정 마스크를 다시 올려 쓰며 앞으로 돌아선다. 그가 입은 롱패딩의 나이키 야광 로고가 햇빛에 반전되어 날카롭게 빛난다. 나는 눈살을 찌푸린다. 디자이너의 죽음이 한정판에 더욱 힘을 실어준 모양이었다. 한정의 한정. 다시없을 한정. 나는 주머니 속 야구공을 만지작거린다. 볼을 투심(two-seam)으로 쥐었다 포심(four-seam)으로 잡아 본다. 너클볼을 던질 때처럼 이제 결과는 아무도 예측할 수 없게 되었다.

찌르르하다못해 저릿한 복통을 느끼며 앞에 선 이들을 훑는다. 중도에 포기할 허수가 몇 명이나 될지 가늠해 보는 것이다. 바람이 불지 않아 체감 온도가 그렇게 낮지 않다. 배낭에서 텀블러를 꺼내 따뜻한 물을 따라 마신다. 물을 다 마실 때쯤 발바닥 쪽으로 미세한 진동이 느껴진다. 작년 가을께 진도 5.3도 정도의 지진이 감지된 이래 도시에는 약한 진동이 끊이질 않고 있다. 지각 아래 무슨 일이 일어나고 있는 것일까. 사람들은 여진에 따른 두통과 트라우마에 시달리고 있었다. 나는 애써 떠올리지 않는 쪽이었다. 사실 그런 것 하나하나를 걱정하며 지낼 여력이 내겐 없었다. 여진을 이어받듯 핸드폰에서 진동이 느껴진다. 문자목록을 훑는다. 나이키 라인 주선자인 슬라임이다. 아무 내용이 없는 문자가 한 통 와 있다. 라인에 도착했냐는 뜻이다. 나는 내 앞으로 줄을 서 있는 이들의 뒷모습을 찍어 전송한다. 이렇게 줄이 길면 슬라임 또한 받을 수 있는 수수료가 대폭 줄어들 것이다. 그는 화가 나 있을지도 모른다.

내가 슬라임을 만나게 된 것은 나이키 매장 건물과도 가까운 유명 돈가스 식당 근처에서였다. 나는 그 돈가스 식당에서 식사를 한 뒤 장염에 걸렸다. 심증은 있으나 물증이 없었다. 급한 대로 지사제 처방을 받아 약을 먹고 매장이 보이는 반대편 길가 벤치에 앉아 있었다. 이로 인해 오후에 예정되어 있던 과외에 갈 수 없었다. 쉬는 날을 하루 빼 과외 보강을 쳐내야 할 터였다. 그날 만났던 사람은 학과 담당 교수였다. 교수는 돈가스 식당에서 만나자고 했다. 일본식 특제 소스로 유명한 체인점이었다. 내가 도착했을 때 가게 앞에는 돈가스를 먹으려고 줄을 선 사람들이 겹겹이 서 있었다. 사람들은 종종거리며 줄이 줄어들기를 기다렸다. 나도 줄을 서서 내 차례를 기다리기 시작했다. 가게로 들어선 뒤 창가 쪽 자리에 앉자 교수가 나타났다.

교수는 이곳에 와서 식사할 때마다 자신의 일본 유학 생활 시절이 떠오른다며 말문을 열었다. 교수는 내가 밖에서 얼마나 기다렸는지 묻지 않았다. 어쩌면, 내가 그렇게 줄을 서야 한다는 것을 알고 있었는지도 몰랐다.

"이 군, 자네 작년에 고생 많았지? 어때, 한 학기 휴학해보니. 내년에 다시 복학해야지."

"한 학기만 더 휴학하려고 합니다. 내년에는 준비할 것도 많고 해서요."

"자네, 〈쇼생크 탈출〉 봤나?"

교수는 돈가스를 썰다 말고 나이프를 든 오른손으로 노를 젓듯 휘저으며 눈을 지그시 감았다.

"주인공이 탈출해서 멕시코에 있는 지와타네호에 가잖나. 모래사장 위 들린 뱃머리, 쏟아지는 햇살, 햇살에 반짝이는 레드의 흰 셔츠, 그런 레드를 안아주던 앤디……."

교수는 영화에 나오는 그 바다가 내후년에 자신이 교환교수로 가려는 대학 근처에 있다고 했다.

"멋진 탈출이지. 현 이사장 재임도 끝날 시기라 그때쯤 말이야. 뒤숭숭할 텐데……."

〈쇼생크 탈출〉을 보지는 못했지만 영화의 원제가 〈쇼생크 감옥의 보상〉(The Shawshank Redemption)이라는 것은 알고 있었다. 주인공 앤디가 누명을 쓰고 쇼생크에 투옥된 후 지략을 발휘해 탈출하여 20년 수감생활을 마침내 보상받는다는. 나는 굳어지는 표정을 감추기 위해 고개를 숙였다. 교수는 수프에 뿌리던 후추통을 제자리에 반듯하게 돌려놓으며 고개 숙인 내게 말했다.

"내가 질문하러 자네를 보자고 했겠나, 답을 주려고 이렇게 왔겠나. 복학하게나."

제대 후 복학해 교수의 밑을 닦는 작업을 했다. 그가 정교수로 올라설 수 있기까지 학과 조교였던 내 직속 선배를 도와 내가 할 수 있는 일이란 일은 모두 맡아 했다. 교수 이름으로 된 외서 교재 번역 보조, 정부 지원 연구비 승인 서류를 받기 위한 각종 서류조작과 영수증 가첨 등. 그가 담당했던 학과 일과 수업 업무 등 관련 허드렛일 또한 전부 내 몫이었다. 박사과정을 마친 선배는 작년에 학과 전임강사로 부임했다. 나는 그 학기 장학금을 놓쳐 휴학해야 했다. 교수는 우리 학교에서 선발하는 교환학생 프로그램 선발 위원회 위원장이기도 했다. 전액이나 다름없는 국비로 뉴질랜드에 갈 수 있는. 공과대학 학부 졸업 후 바로 학과 관련 회사에 취직하기 위해서는 학교와 자매결연 한 해외학교의 기술 습득 과정 취득 자격을 받아 놓는 것이 중요했다. 그것은 바로 취업으로 이어질 수 있는 열쇠이기도 했다.

잠잘 시간을 쪼개 아르바이트를 뛰는 지금의 상황이 언제인가부터 벅차게 느껴지기 시작했다. 아웃을 당하지 않기 위해 타석에서서 늘 안타를 쳐내야 했다. 학부생인 내가 선배에게 딱 붙어 교수 서포터를 지원한 것은 내 나름대로 배팅을 한 셈이었다. 우수한 성적을 받아 선발대 후보 중 한 사람이 되는 것을 택하는 것보다 영향력 있는 교수의 눈에 드는 것, 그것이 더 빠르고 정확한 길이라 생각했다.

돌아오는 학기의 등록금을 내기 위해서는 모아 놓은 돈에서 정확히 백오십만 원이 모자랐다. 그달치 고시원 입금액을 제외하면 그랬다. 돈을 구하기 위해 엄마에게 전화했다. 엄마의 지친 목소리 너머로 손님이 왔음을 알리는 출입문 차임 벨소리, 클레멘타인이 들려왔다. 엄마는 24시간 영업하는 감자탕 가게에서 일하고 있었다. 안부를 묻는 내게 엄마는 대뜸 다음 달 중 하루 정도 시간을 낼 수 있냐고 물어왔다. 자궁에 근종이 생겼다며 떼어내는 수술을 해야 한다고 했다. 간단한 수술이라고, 너는 만일을 대비해 보호자로 대기하기만 하면 된다고 말하는 목소리 너머, 차임벨 소리가 끊길 기게 따라 들려왔다. 덤프트럭을 모는 계부에게는 부탁조차 해보지 못했을 터였다. 이복동생은 보호자가 되기엔 너무 어렸다. 나는 엄마의 다급한 목소리를 들으며, 내가 가진 것들 중에 팔 만한 것들이 무엇이 있는지를 떠올려 보았다.

이런저런 생각에 빠져 벤치에 앉아 있던 내게 명함을 건네던 이가 있었다. 그가 다른 손에 쥔 것은 슬라임이었다. 슬라임은 붕산과 물풀로 만든, 고체랄 수도 액체랄 수도 없는 젤리 형질의 장난감을 일컬었다. 사람들은 그것을 '액체 괴물' 혹은 줄임말인 '액괴'라고도 불렀다. 손안에서 잔뜩 유연해진 그것의 원래 형체가 무엇인지 알 수 없었다. 그가 그 덩어리를 주무르자 그것은 엉망으로 비틀리며 늘어났다. 원래의 투명한 재료에 각종 비즈가 섞여 있었다. 반짝이는 그것이 짓이겨지는 것을 보자 양팔 안쪽에 작게 소름이 돋았다. 내가 슬라임을 빤히 바라보자 그는 내 손에 자신의 명함을 쥐여 주었다.

'무엇이든 대신 서 드립니다.'

그가 내민 명함에는 이런 문구와 핸드폰 번호, 웹사이트 주소가 적혀 있었다. 고개를 들어 그를 봤다. 해를 등진 그는 커다란 선글라스를 끼고 챙이 넓고 긴 모자를 쓰고 있었다.

"연락 주세요. 서길 원하든 서 주길 원하든."

그가 웃었다. 한쪽 입꼬리가 그린 듯이 올라갔다.

앞줄의 사람들을 면밀히 살핀다. 허수를 가려내기 위해서고 정확한 내 순번을 알기 위해서다. 줄을 서고 사진을 찍는다. 먼저 줄을 선 사람이 아는 사람을 자연스럽게 줄에 끼워 주는 대 몃 라인을 막기 위해서다. 이것은 라인 작업의 기본이다. 그렇지 않으면 죽 쒀서 개 주는 수가 있다. 간절기 두께의 상·하의를 착용하고 영하 10여 도 야외에서 인간이 견딜 수 있는 한계는 삼십 분. 벤치다운 종류의 오리털 충전재 소재 파카를 입고 모자와 장갑, 털신을 신었을 때는 이야기가 조금 달라진다. 여기에 후리스 소재의 담요를 두르고 붙이는 핫팩과 지니는 핫팩으로 무장한다. 따뜻한 물이 담긴 텀블러는 필수다. 두 시간에 한 번씩 따뜻한 물을 마셔 몸 안

팍까지 데워준다. 화장실을 갈 경우처럼 라인을 비울 때는 앞뒤 사람에게 부탁한다. 그들도 유사시 나에게 도움을 요청할 수 있으므로 상부상조하는 것이다. 담요를 넣어 길게 늘일 수 있는 배낭도 이럴 때 요긴하다. 멀리서 보면 사람 하나가 어둠 속에서 미동도 없이 앉아 있는 것처럼 보일 것이다.

줄서기 아르바이트는 매력적이었다. 좋은 건수는 페이가 높았다. 꼼꼼히 정보를 수집한 뒤 타이밍을 잘 맞춰, 추첨권이나 선발권, 교환권 안에만 들면 모든 것이 오케이였다. 그럴 때면 공으로 돈을 번다는 느낌이 들고는 했다. 품을 크게 팔 필요도 없고 과외학생들 부모나 돼먹지 않은 어린애들의 눈치를 살필 필요도 없었다. 한정판 물건이나 추첨권을 손에 쥐여주면 감격하는 의뢰인이 있었다. 그들은 치를 돈은 생각지도 않는지 결과물에 기뻐했다. 반짝이는 얼굴들, 진심으로 고마워하는 표정, 원하는 물건을 손에 넣었을 때의 환희. 꼭 내가 필요한, 해야 할 일을 하는 느낌이었다.

햇수로 2년, 개월 수로 치면 이 생활도 8개월째다. 2개월 차부터 돈다운 돈을 받을 수 있었다. 시급 3만 원 라인부터 시작해 신뢰를 쌓아 이런 고수입 라인에 설 수 있게 된 것이다.

날씨가 좋으면 추위에 떨지 않고 얼마든지 하고 싶은 일을 할 수도 있었다. 나는 그런 날엔 뉴질랜드를 떠올리며 영어 공부를 하고 핸드폰으로 인터넷 강의를 들었다. 같은 과에서 가장 친한 동기였던 택주는 뉴질랜드 교환학생으로 선발되어 그곳에 먼저 다녀왔다. 택주는 오른 다리를 약간 절어 군 입대에서 면제되었고 나보다 더 빨리 기회를 잡았다. 내가 군에서 휴가차 나와 있을 때 방학을 맞아 한국에 나온 택주를 만난 적이 있었다. 택주는 집게손가락 크기의 회색 코알라 인형을 내게 선물로 주었다. 두 팔을 벌려 커튼과 같은 패브릭에 고정할 수 있는 인형이었다. 탄성 소재인 인형의 배를 손가락으로 살짝 누르면 '돈 니드 워터'라는 말이 세 번 튀어나왔다. 채소 외에 따로 '물을 마실 필요가 없다'는 뜻을 이름으로 가진 코알라. 택주는 실제 코알라를 여러 번 봤다고 했다.

해가 지고 날이 어둑어둑해졌다. 앞줄 남자가 먼저 자신의 자리를 내게 부탁하고 저녁을 먹으러 갔다. 라인의 분위기는 매번 다르다. 줄을 서는 이들이 어떤 이들인지에 따라, 라인을 서서 궁극적으로 얻고자 하는 것이 무엇인지에 따라 라인의 분위기, 사람들의 태도가 달랐다. 나이키 한정판 매물이나, 애플사 핸드폰과 같은 최신 기종의 제품, 명품의류와 컬래보를 하는 스파 패션 브랜드류 라인은 라인에 선 이들의 태도가 서로에게 우호적인 편이었다. 어차피 줄을 서서 가지고 나올 수 있는 것은 두당 한 개나, 세 개 정도였기에 더 욕심을 내거나 이유 없이 상대방을 미워하지 않았다. 하지만 아파트 분양권이나 사립 유치원 입학자격 추첨권은 달랐다. 몇 번째 라인까지 선발권에 해당할지 알 수 없는 그런 라인에서는 일등이 아닌 이상, 자신의 앞 사람 모두가 다 적이었다. 적의를 내보이는 사람은 자신의 라인에 자신이 직접 선 거였다. 그런 곳에서는 내가 대리인이라는 것을 알리는 것도 불리할 수 있어 각별히 조심해야 했다.

앞줄 남자가 돌아오자 나 또한 그에게 배낭을 부탁한 뒤, 근처 편의점에서 삼각김밥과 사발면으로 저녁을 해결했다. 인근 건물 화장실에서 칫솔질한 뒤 캔커피를 사 들고 자리로 돌아왔다. 작은 등산 의자를 꺼내 자리에 앉는다. 아무 생각 없이 앉아 있자니 졸음이 밀려온다. 의자에 앉아서 꾸벅 존다. 잠결에 등 뒤에서 묵직한 무게감이 느껴진다. 나는 자리에서 벌떡 일어선다. 어마, 얏! 하는 소리와 함께 길고 까만 무언가가 굴러가다 가판에 걸려 멈춘다. 김밥 구르듯 굴러가는 모습에서 슬며시 웃음이 나온다. 구른 거리가 짧아 다쳤을 것 같지는 않다. 나는 헛기침을 하며 자세를 바로 잡고 앉는다. 롱패딩은 일어나서 옷을 재게 털더니 다시 내 뒤로 와서 줄을 선다. 나는 미안하다고, 졸다가 핸드폰 진동이 와서 깜짝 놀라 일어선 것이라고 변명해 본다.

"더도 담깐 도랐나바요."

"네?"

황당하게 웃는 내 표정을 보더니 롱패딩은 마스크를 내리며 소리친다.

"도랐다고요, 아니, 아니. 도름, 도름."

"아, 졸으셨다고요?"

"하아⋯⋯. 네, 네."

말을 마친 롱패딩은 얼어버린 입 주변 근육을 풀어보려는 듯 입을 오물거린다. 웃음을 주고받으니 마음이 조금 편안해진다. 알고도 일어선 것에 미안한 마음도 든다. 나는 배낭에서 텀블러를 꺼내 롱패딩에게 따뜻한 물을 권한다. 롱패딩은 꾸벅 인사를 하며 더운 물을 삼킨다.

"저는 이번에 처음 서보는 거거든요. 친구 년이⋯⋯. 아니, 친구가 함께 서자고 해놓고선 남친 급체했다고 가버렸어요. 사실 이렇게 줄 서서 이런 거 살 처지도 아닌데, 친구가 이왕 서게 된 거 자기 꺼 사주면 되팔이 시세대로 쳐준다네요. 걔네 집이 부자거든요. 물론 미안해서겠지만⋯⋯. 어쨌든."

묻지도 않은 말을 하는 까닭은 추위에 넋이 나간 탓이다. 되팔이 시세가 얼마인지 아는가? 친구가 너를 붙박아 놓고 토낀 거라는 생각은 왜 못하는지 말해주고 싶다. 친구인데 시세대로 받을 수 있겠는가. 시세대로 받는 순간 우정은 금가고 욕은 욕대로 먹을 것이다. 판매 개시 시간인 오전 열한 시까지는 아직 열 시간이 남아 있다. 곱은 손에 입김을 불어 넣는 롱패딩을 보고 있자니 택주 생각이 났다.

택주는 뉴질랜드에서 'Save the Sheep' 아르바이트를 했다. 택주는 그곳에서 스키를 처음 배웠다. 학교 수업이 끝난 후 파트타임으로 일하던 햄버거 가게 주인인 올리버가 자신이 스키를 타는 곳에 택주를 데리고 다닌 모양이었다. 올리버는 택주를 데리고 마운트 쿡이라 불리는 산에 갔다. 마운트 쿡의 둔덕 사이사이 눈은 수북이 쌓여 있었지만 춥지 않았다. 그들은 출입구로부터 30여 미터를 말없이 올라갔다. 앞장서 가던 올리버가 큼지막한 암석 옆 눈 뭉치에 폴대를 내리꽂았다. 스키가방을 바닥에 풀썩 내려놓자 눈 뭉치가 흩날렸다. 택주는 옆에 서서 가쁜 숨을 몰아쉬었다. 내리막 길의 초입에서 올리버는 자기 아들이 타던 플레이트를 택주에게 내밀었다. 택주가 손사래를 치며 왼발을 가리켰다. 올리버는 지그시 웃으며 말했다.

"와이 낫?"

"스키?"

학생회관에서 이야기를 나누며 자판기 커피를 마시던 나는 택주의 오른발을 바라보았다.

"이 자식 봐라. 그새 까먹었냐, 왼발이다, 오른발이 아니고."

택주는 꼬고 있던 다리를 펴며 왼 다리를 들어 보였다.

"절름대는 것에도 정도가 있어. 자전거는 탈 수 있는 절름발이인가, 스키를 탈 수 있는 절름발이인가. 아무것도 못하는 절름발이인가……. 다행히 나는 스키는 탈 수 있는 절름발이였던 거지."

"배부른 소리하네. 거기까지 가서 아르바이트를 했단 말이야?"

"한두 달 다니다보니 내가 여기서 뭐하고 있나 싶더라고. 답답하기도 하고."

　이해는 가지 않았지만 그때는 그런가 보다 했었다. 온화한 기후의 뉴질랜드였지만 산에는 나무가 빼곡하게 들어차 있어서 한번 내린 눈은 봄이 되도록 잘 녹지 않았다. 설산에서 길을 잃은 양들이 스노우 볼이 되어 굴러 내려오기 전에 주인들은 산에서 양을 구조해야 했고, 이때 필요한 사람이 스키어였다. 무게가 40여 킬로그램 가까이 되는 양들을 해가 지기 전에 안아 내려야 하므로 장정들이 필요했다. 미처 구하지 못한 양들이 동글동글한 자신들의 솜털에 눈을 더해 굴러 내려올 때면 주인들은 작은 뿔피리나 휘파람을 불었다. 그 소리로 돌아온 양들의 수를 헤아리는 거였다. 양들은 순했다. 스키를 배웠으나 양을 안고서는 균형을 잘 잡을 수 없었던 택주는 새끼 양들을 구조하거나 양들을 한쪽으로 몰아주는 바람잡이 역할을 했다. 택주는 그렇게 한데 모은 양들을 수십 차례 지상으로 내려 보냈다. 해 질 녘이 되면 마운트 쿡에 걸쳐 피는 희미한 문보우(moonbow)를 지표 삼아 하산하고는 했다. 달빛에 굴절되어 나타나는 무지개. 택주로서는 난생처음 보는 밤 무지개였다.

　어느 날 택주는 트렁크를 뒤져 구석에 처박혀있던 낡은 카메라를 꺼냈다. 던지지는 않으면서 가지고 다니지 않으면 견딜 수 없는 것이 내게는 야구공이듯, 택주에게 그것은 카메라였다. 사진학과로의 진학을 포기한 자신의 고등학교 2학년 시절 이후 처음 있는 일이었다. 검정 바탕 인화지에 카메라의 오작동으로 새겨진 빛 반사처럼, 밤하늘의 문보우는 어떤 형태도, 색감도 내지 못했다. 그렇지만 택주는 그 광경을 찍고 또 찍었다. 밤에만 들이대던 카메라를 낮에도 지니고 다니기 시작한 것은 출국일을 한 달 앞두고서라고 했다. 반백에 선이 굵은 올리버의 옆얼굴과 스노우 볼 양무리들, 양을 안고 내려오는 스키어의 모습을 택주는 카메라에 담았다. 한국에만 계속 지냈다면 자신이 스키는 탈 수 있는 절름발이라는 것과, 희미해졌다가 마침내는 선명해 보이는 문보우를 평생 몰랐을지도 모른다고 택주는 말했다.

오전 여덟 시, 선배에게 전화가 왔다. 연구실 중앙 컴퓨터에 있는 정교수의 학술 논문 수정 접근 권한이 필요하다고 이야기한다. 하필 선배는 지문등록을 해놓지 않아 자료를 볼 수 없다. 나 외에 열람이 가능한 조교는 학회 비서로 교수를 따라 멀리 제주도에 가 있다. 누락된 자료를 첨부해 논문 제출 시한을 맞춰야 한다. 그 전에 수정할 것까지 있어 자료 열람은 필수다. 난색을 보이는 내게 선배는 윽박지른다.

"마감 시한이 언제인데요?"

"오늘이야, 오늘."

등록금 납부 마감일도 오늘이다. 오늘 줄서기는 내게 아주 중요하다. 하지만 그는 이제 내 수업에도 들어올 수 있는 시간강사 신분이다. 이것 또한 간과할 수 없다. 나는 슬라임에게 급하게 SOS

를 친다.

'두 시간 대타 필요.'

"으히히히."

뭐가 좋은지 도착하자마자 그가 웃는다. 익숙한 얼굴이다. 그는 라인에 서는 라인맨들의 땜빵 전문이다. 시간 약속을 잘 못 지켜 늘 그런 자리를 전전하고 있다. 그는 오자마자 가래침을 뱉고 때가 탈 대로 탄 운동화로 자신이 뱉어 놓은 바닥의 침을 눌러 비빈다. 입고 있는 옷은 비교적 얇다. 장시간 줄서기는 무리일 것 같다. 준비가 부실한 탓으로 양손의 너클 주위는 얼음이 든 듯 새빨갛고 입술 언저리와 광대 부근의 피부는 거칠거칠 튼 상태다. 자기는 근처 맛집 라인을 대다 왔다고 한다. 슬라임은 그에게 시간당 페이를 두 배로 주겠다고 제안했다. 온라인에선 영원한 한정판이 된, 아직 판매도 되지 않는 운동화를, 사람들이 높은 가격을 부르며 구하고 있다고 했다. 시종일관 침을 뱉는 그에게 배낭을 맡기고 가는 것이 영 미덥지 않지만, 선택의 여지가 없다. 마지막까지 체력을 고갈시키지 않는 것이 중요하다. 슬라임은 라인맨들과 라인을 주선해 주고 배치하며 그 수수료를 자신의 수입으로 삼았다. 거래가 실패해도 일정액의 수수료를 그에게 내야 한다. 이번 건도 그랬다. 처음에는 성사되지 않은 거래의 수수료를 낼 수 없다는 내게 슬라임은 이런 문자를 보내왔다.

'실패는 실패고 수수료는 수수료고.'

　그가 관리하는 라인맨이 몇 명인지는 아무도 모른다. 슬라임이 주선하는 라인은 확실했고 그는 어떤 문제든 문제해결에 능했으며, 수십 가지, 종류가 다른 라인들의 배경지식에도 밝았다. 라인맨들은 그를 신뢰했다. 적어도 이 일대 라인맨들 사이에서 그를 모르는 이는 없었다. 슬라임은 각각의 라인맨들의 사정에도 밝았다. 주거지, 현재 나이, 직업, 처한 처지 등을 잘 알아 라인 배치에 탁월한 실력을 보였다. 피라미드의 끝에 서 있는 듯 보이는 그가 아직 일선에서 그렇게 사람들을 픽업하고 셀렉하는 것도 많은 라인맨들이 그를 신뢰하는 이유 중 하나였다. 그가 하는 라인은 엉키는 일이 없었고 거래에서 실패할 확률도 낮았다. 슬라임을 주무르듯 그는 그 일에 타고난 것처럼 보였다. 의뢰하는 이들에게 이것은 그냥 '밑지면 본전'인 일이 아니었다. 그들은 기회를 날리는 거였다. 일 년에 한 번 발매되는 것들을 손에 넣을 기회를, 아이를 원하는 유치원에 보낼 기회를, 자신이 좋아하는 아이돌의 얼굴을 직접 볼 기회를, 전국적으로 저명한 의사들에게 진료와 수술을 조금이라도 일찍 받을 기회를 날려 버리는 거였다. 일회적이고 희소성 있는 이런 아르바이트는 최적화된 인력풀을 확보해 두는 것이 중요했다. 그래서 사안이 중요하면 할수록 의뢰인, 라인맨 모두 슬라임을 향해 모여들었다.

　"주선자 너무 믿지 말어……. 믿지도 말고, 척지지도 말고."

학교에서 돌아온 내가 던져준 따뜻한 캔커피로 언 손을 돌려 녹여가던 땜빵이 말한다.

"그, 저 뭐냐, 강변 아이파크 분양권 매매 라인 말이야. 그 라인 내가 아는 치도 댔거든. 그날 차 끌고 오다 접촉사고를 냈대나. 약속시간보다 늦었다는구먼. 갔는데 말이야. 라인이 뚫려 있었대. 누군가 따뜻한 차를 돌렸다지……. 사람들이야 분양사무소에서 나누어 준 것인 줄 알고 넙죽넙죽 받아 마셨겠지. 용의주도한 것이, 일렬로 배를 잡고 나뒹굴었다면 알아챘을 텐데 듬성듬성 잡초 뽑듯 뽑아냈다는 거야……."

조용히 귓가에 속삭이는 땜빵의 입에서 담배 전 내가 났다. 나는 미간을 잔뜩 찌푸리며 그를 올려다봤다.

"지금 무슨 소리 하는 거예요?"

"너무 믿지 말라고, 주선자 말이야."

그는 입맛을 다셨다. 코끝에 고인 맑은 콧물이 반짝하고 빛났다.

그럴 리가. 그럴 리가 없다. 라인은 무궁무진하다. 이를테면 이 시장은 블루오션이다. 투자자본이나 담보되어야 하는 것들, 원재료가 요구되는 것도 아니다. 오직 욕구와 필요라는 동력에 의해서만 움직이고, 그들의 눈에만 보이는 시장이 바로 이곳이다. 시장은 하루에도 수십 건 생겼다가 없어지고 다시 생긴다. 슬라임이 그렇게까지 할 이유가 무엇인가.

나는 핸드폰을 켜서 인스타그램을 살핀다. 검색창에 '#라인'을 쳐서 넣자 수십 장의 사진이 좌르륵하고 페이지에 떠오른다. 전국의 라인맨들이 자신이 서 있는 현장을 찍어 올리는 것이었다. 나는 최근 사진들을 터치해 강박적으로 히트를 눌러준다. #구찌라인 #더샵라인 #돈돈라인 #햄볶라인 #별별라인 #이게라인? #아이파크지정권라인 등등 그때그때의 상황을 적어 넣은 태그들을 사진과 매치해가며 빠짐없이 일별한다.

롱패딩은 접이의자에 미동 없이 앉아 있다. 사실 두 시간 대타를 부탁하고 싶었지만 너무 힘들어 보여 부탁은커녕 앉고 있던 접이의자까지 빌려준 차였다. 잠을 깨는 기척이 들면 캔커피라도 권하고 싶은데 일어날 기미가 보이지 않는다. 롱패딩은 줄서기가 끝나면 근방에 있는 프랜차이즈 커피숍으로 아르바이트를 가야 한다고 했다. 나는 속으로 코웃음을 쳤다. 열 시간 전의 롱패딩은 그럴 수 있었겠지만 지금의 롱패딩은 그럴 수 없을 것이다. 영하 십수 도의 야외에서 밤을 샌다는 것은 삼십 분가량 온몸을 구타당하는 것과도 같다. 줄서기 초보인 롱패딩은 더욱 그렇다. 그렇지만 그런 말은 하지 않았다. 해맑게 웃는 롱패딩이 안쓰러웠을 뿐이다.

나는 핸드폰의 웹사이트 페이지를 새로 고침하여 이번엔 조던 7 오레오의 매물을 구하는 카페 게시글을 클릭해본다. 가격은 이제 네 배 가까이 뛰어 있다. 요시다 디자이너를 추모하며 그의 삶을 다룬 짧은 영상과 단신 뉴스들, SNS에서의 추모 메시지가 해시태 그 되어 나돌아 그의 마지막 작품인 조던 7 오레오의 가격이 뻥튀기되어가고 있다. 원래의 수당에 날밤을 새우는 것으로 점 오 배를 더 받기로 하면서 부족했던 금액이 채워질 수 있게 되었다. 등록금 납부 마감 시간까지는 일곱 시간가량 남았다. 안도하는 마음 가운데 불안한 마음이 들기 시작한다. 판매 개시 한 시간 전이다. 목적 시간이 얼마 남지 않았을 때 정신이 제일 해이해진다. 자꾸 졸음이 몰려온다. 최장 여덟 시간이라는 핫팩의 성능도 이제 다 된 것인지 한기가 올라온다. 야외 밤샘 줄서기는 생각했던 것보다 더 고되다. 땜빵에게 라인을 넘겨줄 때 미세하게 느껴졌던 진동이 다시 느껴지기 시작한다.

이 도시는 어떻게 되려는 것일까.

내가 사는 고시원 건물에도 금이 갔다. 눈에 잘 띄지 않는 곳에서부터 잔금들이 스멀스멀 올라오고 있었다. 나는 고개를 숙이고 앞사람의 발뒤꿈치에 시선을 고정한다. 두 눈이 무거워지더니 눈꺼풀이 내려앉는다. 앉아서 주머니 속 야구공을 돌려보며 실밥 개수를 세기 시작한다. 공의 실밥은 108개. 엄마가 생각나거나 잠이 오지 않을 때마다 하던 습관이다. 고등학교 1학년 되던 해, 부상 후유증으로 야구를 한동안 쉬게 되었고, 그 뒤 선수의 자리로 돌아갈 수 없었다. 그즈음 엄마는 재혼했고, 나는 계부와 사이가 좋지 않았다. 재활치료를 제대로 받지 못한 아픈 어깨는 비틀린 채 굳어버렸다. 주머니 속 공을 돌리면 옛 기억들이 자꾸 복기되었다. 나는 야구공을 놓지 못했고 그래서 그 기억들도 잊지 못했다.

꿈인가.

팍, 하고 무엇인가를 난타하는 소리가 주위에서 크게 들리더니 몸이 좌우로 흔들리는 것이 느껴졌다. 고개를 들어 앞을 바라보니 사람들 또한 두 손을 벌리고 우왕좌왕하고 있는 것이 보인다. 콘크리트 바닥으로 갈라진 틈, 몇몇 건물들의 간판 한쪽이 떨어져 나간 채 간신히 매달려 있다. 지진은 몇 분 머물다 금세 물러간 것 같지만 강도가 꽤 컸던 모양이었다. 나는 불안한 마음으로 시계를 들여다본다. 판매시간까지는 아직도 한 시간 가까이 남아 있다. 그때 한 무리의 사람들이 비명을 지른다. 비교적 높은 지대 둔덕에 세워져 있던 지프차가 줄 선 이들을 향해 맹렬하게 미끄러져 온다. 줄을 선 채 주저앉아 음악을 크게 듣던 이들, 등진 채 전화통화를 하던 이들을 향해 지프차가 굴러간다. 유광으로 도금된 휠이 날카롭게 빛을 내뿜으며 회전한다. 볼링공이 핀을 쳐내듯 남색 지프는 사람들을 난타한다. 나는 무엇에라도 붙잡힌 듯 소리도 지르지 못하고 온몸이 굳은 채 서 있다. 사람들은 방사형으로 흩어지며 쓰러졌다. 차에 깔린 사람 때문에 차체가 한번 들썩였지만 차는 멈추지 않고 달려 나간다. 몇몇은 쓰러진 곳에서 피를 흘렸다. 무엇에 뚫렸는지 피가 뿜어져 나오는 사람도 있다. 나는 그 사이에서 롱패딩을 본다. 여자가 거기서 무엇을 하고 있었는지 의아하다. 무엇을 하다 어쩌다 저렇게 나동그라져 있는 것인지. 나는 얼어붙어 잘 움직여지지 않는 다리를 떼어 롱패딩에게로 향한다. 여자는 직접 치인 것인지 치인 물건에 되맞은 것인지, 놀라서 쓰러진 것인지 알 수 없다.

지프는 나이키 조던 7 오레오 라인의 10번부터 20번 사이를 뚫었다. 라인을 뚫고 나가더니 눈 깜짝할 새 도로를 가로로 질주해 도로 중앙 정류장의 벤치를 들이받은 뒤 전복됐다. 할일을 다 끝냈다는 듯 두 다리를 번쩍 든 그것에서 시커먼 연기가 새어 나오기 시작한다. 정류장 근처 유리로 된 전광판이 편편이 부서져 내린다. 다치지 않은 사람들은 각기 흩어져 쓰러져 있는 다른 사람들을 돕고 있다. 누군가는 전화로 119를 부른다. 핸드폰이 여기저기에서 울린다. 양 무릎에 힘이 빠진 나는 롱패딩 옆에 무릎을 꿇고 앉는다. 육안으로 봤을 때 어디가 부러지거나 피를 흘리는 것 같지는 않다. 추위에 난타당한 하얗고 파란 얼굴. 입술이 푸르뎅뎅한 것이 저체온증이 온 것 같다. 나는 주머니에 있던 핫팩을 있는 대로 꺼내 롱패딩의 주머니에 채우며 지프가 내려온 길을 눈으로 훑는다.

그때도 이 길을 택주와 함께 걸었다. 택주는 뉴질랜드에서 돌아왔고 나도 막 제대를 한 참이었다. 오랜만에 단골 식당을 가고 싶다던 택주는 길을 헤매는 나를 앞장서 걸었다. 택주가 걸음을 내디딜 때마다 왼쪽 어깨가 아래로 휘청이며 오른쪽 어깨에 멘 카메라가 반동으로 헛돌았다. 나는 택주의 새 카메라에서 눈을 떼지 못했다. 이곳에서 유일하게 이십 년도 넘게 장사를 하는 우동집에서 우동 국물을 한 숟가락 후르르 떠먹던 택주는 언제고 복학하지 않겠다고 선언했다. 택주는 말을 아꼈다. 내가 아직 남아 있기 때문이라고 했다. 나는 삼키던 면을 끊고 택주를 바라보았다. 함께 걷던 길을 포기하겠다는 것. 그 길에서 벗어나겠다는 것. 그 천금과도 같은 기회를 날려버리겠다는 것.

　나는 젓가락질을 멈추고 왼손으로 테이블을 쾅 내리쳤다. 작은 원통형 플라스틱 컵이 튀어 오르며 넘어졌다. 스르륵 물이 흘러 택주의 바지가 젖었다. 베이지 색의 바지에 까맣게 짙어져가는 물 얼룩이 보였다. 택주는 놀라지도, 아무 말도 하지 않았다. 마치 너는 모르니 당연히 그럴 수 있다는 표정이었다. 택주는 배낭을 뒤져 작은 비닐 팩을 꺼냈다. 비닐 팩 안으로 수십 장의 사진이 보였다. 어떤 말도 더 얹을 수 없었다. 나는 그 자리를 뛰쳐나왔다.

　택주에게 먼저 기회를 양보했었다. 택주에게 더는 기회가 없을 것이기 때문이었다. 선발자격요건에 해당하는 학년이 되었을 때, 내가 근사한 차로 택주보다 우위였다. 운 좋게도 내가 교환학생으로 거론되던 참이었다. 나는 교수에게 다음 기회에 가겠노라고 말했다. 교수는 나를 수족같이 부리던 터라 내 청을 선선히 들어주었다. 그 기회가 천금 같았다는 것은 복학 후 알았다. 서로의 도서관 자리를 맡아 줘가며, 교환학생 준비에 대한 팁과 시험에 관한 족보를 공유하고, 과외나 근로 장학생 대타를 뛰어주곤 했던 지난 4년

간의 일들이 떠올랐다. 서울에 혼자 올라온 택주와, 가족이라고는 함께 살기 힘든 엄마밖에 없는 나, 우리는 형제처럼 의지하며 지냈다. 이런 결론을 얻으려고 나는 택주와 그동안 그렇게 열심히 살았던 것일까. 언제부터 그렇게 변했고, 그런 시기에 왜 나는 택주와 함께할 수 없었던 것인지 의문이 들었다. 달라진 택주의 생각에 닿고도 싶고 화가 나기도 했다. 깨닫는 데도 돈이 필요했다. 택주는 뉴질랜드에 다녀와서 그렇게 된 거였고, 그렇다면 나도 일단 그곳에 가야했다. 망연히 앉아 있는 내 어깨에 누가 손을 올린다.

"뭐해, 돈 필요하지 않아?"

한쪽으로 일그러진 입술, 슬라임이다. 슬라임은 내 배낭을 들어 뚫린 라인을 지나 그때까지 줄을 서 있는 마지막 사람 다음 차례에 놓는다. 나는 어안이 벙벙하다. 사방에 사람들이 몰려오고 구급차의 사이렌 소리로 시끄럽다. 슬라임은 내 양팔을 잡아끌어 나를 일으킨다. 나를, 가져다 놓은 배낭 옆에 기어이 앉히며 뇌까린다.

"사고는 사고고 너는 너고. 잘 생각해봐. 아무것도 안 하고 지금 집에 가도 기억 때문에 고통스럽기는 마찬가지겠지. 그 고통에, 후회까지 더하고 싶은 거야?"

셔터가 올라가고 매장에 불이 들어온다. 소방차, 구급차, 경찰차가 둘러선 이곳에. 구급차에서 내려진 들것에 롱패딩이 실려 간다. 롱패딩은 나를 어떻게 기억할까. 이 라인은 여자에게 끔찍한 기억의 장소로 남을 것이다. 매장 안 램프가 눈꺼풀을 깜빡이듯 각각 점멸하더니 일시에 켜진다. 앞줄 라인 사람들은 주춤거리며 앞으로 더욱 몰려간다. 첫 번째로 줄을 선 사람은 계단에 반은 누워 있던 상태로 잠이 들었었는지 이 사고를 아예 모르는 듯했다. 뒷사람이 그를 흔들어 깨운다. 그는 덜 깬 눈을 끔벅끔벅거리며 헤드셋을 벗어들고 자세를 고쳐 앉는다. 청바지에, 흰색 나이키 로고가 가슴팍에 큼지막이 프린팅된 검정 후드를 입은 매장 직원들이 밖으로 나온다. 그들의 옷차림은 똑같고 생김새 또한 비슷하다. 확성기를 들고 있는 매장 직원이 격양된 목소리로 말한다. 사고가 일어났을 때의 난타하던 소리와 비명, 피시식하고 연기가 피어오르는 소리가 아직도 들리는 듯하다. '이번 사고……', '유감……', '도의적……', '연기……' 이런 단어들로 대략의 상황을 짐작할 뿐이다. 직원은 추위에 절어 아무 감각이 없는 라인맨들을 매장 안으로 들이거나 운동화를 나누어주는 대신 종잇조각을 나누어준다. 사람들이 몰려든다. 내게 할당된 번호표는 '6'번이다. 그마저도 내 옆에 서 있던 슬라임이 받아든다. 그는 그것을 조심스레 두 번 접더니 자신의 지갑을 꺼내 집어넣는다. 왼손에 늘 들고 다니던 슬라임의 슬라임은, 보이지 않는다.

"돈 있어야지. 오늘까지지?"

슬라임은 자신의 핸드폰을 들여다보더니 내게 주소가 입력된 링크를 전송한다. 내가 가만히 있자 그가 나를 흔든다.

"뭐해? 핸드폰 안 들여다보고."

나는 오른손으로 주머니에 있는 핸드폰을 꺼낸다. 주머니 입구에서 가로로 걸린 핸드폰은 잘 꺼내지지 않는다. 슬라임이 머뭇대는 내 손을 잡아 뺀다. 그 바람에 핸드폰에 딸려 나온 빛바랜 야구공이 바닥으로 떨어진다.

"아……."

무엇인가 다급한 일이 일어난 것 같은데 몸이 움직여주지 않는다. 추위와 충격에 몸과 마음이 꽁꽁 얼어버린 느낌이다. 공은 경사를 따라 미끄러져 굴러간다. 어떤 장애물이나 변수 없이, 공은 운동력을 잃는 그 지점을 찾아 내게서 멀어져 간다. 나는 멍한 상태에서 핸드폰을 들여다보고 문자를 클릭해본다. 이곳에서 가까운 곳, 내가 교수를 만났던 그 가게 지도가 눈앞에 펼쳐진다. 매장 앞에 서 있던 라인맨들은 지금의 상황을 받아들이지 못하고 있다. 사고는 사고고 라인은 라인인 것이다. 제품 입고가 아직 되지 않았다고, 물건이 없다고 말하는 직원들의 목소리 뒤로 슬라임이 자리를 뜨며 조심스레 한마디 한다.

"사태 파악 잘하고 있어. 지금 뭔가 조짐이 보여."

그러고 보니 언제나 문제 상황에는 슬라임이 있었다. 문제를 늘 해결하는 자. 늘 솔루션이 있는 자. 문제가 있기 전부터 모든 준비가 다 되어 있는 듯 보이는 자. 도대체 어떻게? 맨 끝줄 바닥에 회색의 공 같은 것이 굴러다닌다. 슬라임이 버리고 간 슬라임, 액체 괴물 같기도 하다. 슬라임은 많이 주무르면 주무를수록 점도와 탄력이 떨어지고 때가 탔다. 나는 신발 끝으로 그것을 뒤집어 본다. 무엇의 얼굴 같기도 한 슬라임의 두 귀는 이미 떨어져 나가고 없다. 짙은 눈썹과 동그란 코가 코알라 같다. 오른발을 들어 그것을 밟아 본다. 물컹하고 무엇인가 밟히는 게 느껴지며 양팔 안쪽에 소름이 돋는다.

"돈 니드 워터……. 돈, 니드……. 돈, 니드……. 니드……. 니드……."

나는 그것을 밟아대며 계속, 작게, 중얼거린다. 나는 발길질을 그만두고 멈춰 선다. 앞선 사람들은 하나둘 매장 안으로 뛰어들 듯 다가서며 고함을 친다. 직원들이 주춤주춤 뒤로 물러선다. 형광색 나이키 로고 패딩을 입은 남자가 양 주먹을 치켜들며 확성기를 가지고 있는 직원에게 향한다. 나는 그들과 조금 떨어진 곳에 서 있다. 내 뒤로도 얼어붙은 라인맨들이 넋 나간 표정으로 듬성듬성 서 있다. 바람이 거세다. 라인맨들은 휘몰아치는 바람에 좀비들처럼 주춤한다. 몇몇은 아흑 소리를 내며 우산을 접듯 몸을 안쪽으로 말기도 한다. 핸드폰에서 진동이 느껴진다. 다시, 줄을 설 시간이다.

*

공항 옆 영화관

도영에게 문자가 와 있었다. 아내의 차가 눈길에 미끄러져 사고
가 났다는 문자였다. 도영은 유치원에서 엄마를 기다리고 있을 아
이에게 가야 한다고 했다. 사고의 경중에 대해서는 언급하지 않았
다. 도영이 아이에게 가는 것으로 보아 경미한 듯 보였다. 도영은
보통 이런 식이었는데, 오늘따라 은설은 그것에 갑갑증이 일었다.
은설은 답 문자를 보내지 않고 매표소로 가서 영화를 예매했다. 은
설이 데스크에 허리를 굽히고 결제를 위한 카드를 들이밀었을 때,
데스크 위 길게 늘어뜨려진 갓 모양의 전등이 깜박이며 지직거리
는 소리가 들리기 시작했다. 은설은 미간을 한껏 찡그려가며 전등
의 필라멘트를 뚫어져라 바라보았다. 분명 조금 전보다 어두워진
느낌이었다.

영화는 〈7년 후〉라는 제목의 영화였고 상영 시간은 한 시간 후였다. 표를 구매한 은설은 영화관 로비의 의자에 걸터앉았다. 무릎에 올려놓은 가방을 만지작거리다 낮은 한숨을 내쉬고 맞은편 빈 의자를 바라보았다. 12월 26일, 월요일이자 은설의 생일인 날. 크리스마스 다음 날이 생일이라는 것은 거품이 빠진 맥주를 마시는 기분과도 같았다. 사람들은 23일 밤부터 슬슬 설레기 시작해 크리스마스 밤이면 절정이 되는데, 가족들이나 친구들에게 응석둥이처럼 생일상을 챙겨 받는 기분이어 은설은 자신의 생일이 그다지 기쁘지 않았다. 어찌됐든 생일인 오늘, 은설은 도영과 공항 옆에 있는 영화관에서 만나 영화를 보고 저녁을 먹기로 했다. 은설은 소파 옆 전면 창을 훑어보았다. 아침부터 조금씩 내리던 눈이 오후가 되자 더 많이 퍼붓기 시작했다. 눈발 날리는 모양이 심상치 않았다.

은설과 도영은 같은 회사를 다녔다. 각종 영상 프로그램을 만드는 프로덕션이었고 은설은 그곳에서 PD로 일했다. 다큐멘터리 사전 제작을 위해 일본 홋카이도 로케가 잡혔고 이를 위해 관련 팀 전체가 출발하기로 되어 있던 4년 전 어느 날, 도영과 은설만 공항에 제때 도착하지 못했다. 은설은 폭설로 인한 교통체증에 걸려서였고 도영은 전날 과음으로 늦잠을 잔 탓이었다. 은설은 공항 출입구에서 땀인지 눈발인지 모를 것들에 어깨와 겨드랑이가 흠뻑 젖은 반소매셔츠를 입고, 한쪽 다리를 떨어가며 담배를 태우고 있던 도영과 마주쳤다. 은설은 안도했으나 안도가 실망으로 변한 것은 순식간이었다.

"다 갔어요. 음……. 지금쯤이면 니가타 상공을 지나고 있겠군요."

도영이 손목시계를 들여다보며 말했다. 은설이 황망한 표정을 짓자 도영이 엄지와 검지로 담배꽁초를 타닥 튕겨 불을 끄더니 은설의 캐리어를 잡아끌며 말했다.

"추우니 실망은 들어가서 합시다. 시간 많아요, 네 시간. 우리 팀 비행기 뜨자마자 설상가상 폭설로 이륙이 지연된다고 하더군요."

공항은 거의 폐쇄되다시피 했다. 들고도 날 수 없는 사람들로 공항 안은 북적거렸다. 마땅히 앉아 있을 곳조차 없었다. 새벽녘이었고 여러 항공사의 로고가 찍힌 담요를 두른 사람들이 한 편에 진을 치고 있었다. 은설로서는 처음 보는, 낯선 풍경이었다. 도영이 말한 '설상가상'이라는 말이 적확히 들어맞는 풍경이라는 생각에 비행기를 놓친 것도 잊은 채 슬그머니 미소가 지어졌다.

출국 수속을 마친 뒤 수화물을 부친 은설은 공항 라운지에서 사람들 틈새에 비좁게 앉아 있던 도영에게 돌아왔다. 도영은 팔짱을 낀 채 졸고 있었다. 은설이 맞은편에 앉자, 도영이 눈을 번쩍 뜨더니 하품을 하며 말했다.

"우리 영화 보러 갈래요?"

영화관은 공항 바로 옆 건물에 있었다. 복잡한 건물 내의 방송

소음 속, 캐리어에 가득한 짐을 끌고 가는 여행자들 사이를 비집고 자동문을 통과해 나와 오른쪽으로 코너를 도니 바로 영화관이었다. 공항은 도심 외곽에 있었는데 영화관은 건물 뒤편에 있어, 처음 공항에 온 사람들은 어지간해선 영화관을 찾지 못할 것 같았다. 공항을 벗어날 때야 비로소 영화 배급업체의 대형 로고가 한눈에 들어올 것 같았다. 영화관의 규모는 꽤 컸지만 상영관은 두 개뿐이었다. 은설은 영화관을 보고 놀란 표정을 감추지 못했다. 분 단위로 수십, 수백 가지 일들이 진행되는 건물 바로 옆에, 고인 물처럼 시간이 고여 있는 곳이라는 생각이 들어 은설은 영화관 곳곳을 훑어보았다.

"뭘 그렇게 놀라고 그래요. 홍콩 어떤 공항 안에는 아이맥스 영화관도 있어요. 암스테르담 스키폴 공항에는 미술관도 있고요."

"그러게요, 이상하네요, 저만 그런가."

"필요나 구색에 따라 만들어진 것뿐이에요. 그렇게 어안 벙벙해 할 필요까지야."

은설은 도영과의 사적인 만남이 시작된 이유가 폭설 때문이었는지, 도영이 보여준 카드 마술 때문이었는지, 공항 옆에 있던 영화관에서의 영화관람 때문이었는지 생각해보다 세 개의 행위가 모두 이루어진 어느 한순간에 시작된 것이라는 결론에 이르고는 했다. 은설은 이런 생각의 말미에 그날 보았던 영화관 매표소 위 긴 전선에 매달린 조명등을 떠올리고는 했다. 폴 헤닝센의 PH5 램프를 모방하는 과정을 너무 여러 번 거친 나머지 이도 저도 아닌 모양새가 되어버린 그 조명등은, 미세하게 흔들리고 있었다. 건물 전체의 모든 진동이 깔때기 모양의 그 조명등 하나에 모여 전해지 기라도 한다는 듯이.

　두 개의 관 중 1관에서는 벨라 타르 감독의 '토리노의 말'이라는 독립 영화가, 2관에서는 대중적 코드의 국내 영화가 상영되고 있 었다. 도영은 묻지도 않고 1관 영화 티켓 두 장을 구매했다.

　"커피는 제가 살게요."

　말없이 티케팅하는 도영을 보며 은설이 말했다.

　"커피를 왜 마셔요, 가서 좀 쉬려고 티켓 끊는 건데."

　도영은 자신과 한 좌석 떨어진 곳에 은설의 좌석을 예매해 놓았 다. 도영은 자리에 앉자 몸을 최대한 낮추고 긴 두 다리를 앞으로 쭉 뻗었다. 한 손으로 턱받이를 한 채 금방이라도 잠에 빠질 준비 를 했다. 백팩을 가슴에 품고 옹색하게 자리에 앉은 은설은 도영의 하는 양을 가만히 바라보았다.

　영화는 길고 지루했다. 흑백영상이었고 무성영화에 가깝게 대 사가 거의 없었다. 간간이 휘몰아치는 바람 소리와 그 바람에 낡고 오래된 나무 문짝이 거칠게 여닫히는 소리가 사운드의 주를 이뤘 다. 영화가 시작되고도 관객들은 끊임없이 들어왔다. 도영과 은설 처럼 갈 곳 없는 승객들이었다. 그들의 동선에 따라 들이치는 빛과 소음으로 영화에 특이한 분위기가 더해졌다. 그것들이 모두 미장센의 어떤 부분처럼 느껴졌다. 출입문이 열릴 때면 은설은 영화보다 승객들을 관찰하는 데 골몰했다. 이렇게 길고 철학적인 영화를 앞부분을 놓친 채 관람하기란 쉽지 않을 터라, 관람 분위기는 전체적으로 산만했고, 멀리서 낮게 코 고는 소리와 간혹 잠꼬대하는 소리도 들렸다. 은설은 피곤했지만 잠을 이루지는 못했다.

영화가 끝난 후 소감을 묻는 도영에게 은설은 투정하듯 한마디 했다.

"무슨 이런 영화를 골랐어요. 실내에 있는데도 마치 바깥에 있는 것 같은 느낌이었어요."

은설은 두 팔로 자신을 감싸 양팔을 쓱쓱 문지르며 말했다. 그런 은설을 보며 도영은 옅은 미소를 지었다. 둘은 영화관 로비에 마주 보고 앉아 핸드폰으로 각자 웹서핑을 했다. 먼저 도착한 회사 동료가 삿포로의 어느 술집에서 사케를 들이켜며 찍은 단체 사진을 페이스북에 올렸다. 은설이 댓글에 눈물 흘리는 표정의 이모티콘을 남기자 같은 팀원 중 한 명이 '오늘 생일인데 고생이 많다'며 은설에게 알은체를 했다. 그것을 본 도영이 은설에게 물었다.

"왜 이야기 안 했어요, 오늘 생일이라는 걸?"

은설은 눈동자를 또르르 굴려가며 오늘이 자신의 생일이라는 걸, 말도 제대로 섞어본 적 없는 다른 팀 팀장에게 왜 이야기해야 하는지에 대한 이유를 재빨리 몇 가지 추리기 시작했다.

"봐요, 내가 마술 하나 보여줄게요."

도영은 점퍼 안섶에서 포커 카드 덱을 꺼내더니 테이블 위에 좌르륵 펼쳤다. 도영의 손은 크고 길었고, 손등 관절이나 손가락 관절이 나무의 나이테처럼 크고 뚜렷했다. 도영은 펼친 카드를 다시 합하여 섞더니 다섯 장의 카드를 골라 꺼내 은설에게 보여 주었다.

"이 중에서 제일 마음에 드는 카드 한 장만 손가락으로 짚어 봐요."

도영이 은설에게만 보여 준 카드는 로열 스트레이트 플러시였다. 이런 조합도 마술의 일부인가 하는 생각에 은설은 골똘해졌다. 은설은 에이스 클로버를 고를까 킹 클로버를 고를까 생각하다가 '에이스 클로버'를 골랐다. 은설이 손가락으로 에이스를 짚자 도영은 또 어깨를 흔들어가며 카드를 섞었다. 도영의 얼굴에 생기가 돌았다. 심드렁해 보이던 얼마 전까지의 표정과 달랐고, 회사에서도 은설은 도영의 그런 표정을 본 적이 없었다. 이윽고 도영이 바로 이것 아니냐는 듯 한 장의 카드를 은설에게 들어 보였다. 은설은 아, 하는 탄식과 함께 입을 벌린 채 고개를 끄덕였다.

도영이 자신 있게 꺼내 보인 카드는 '잭 클로버'였다.

여섯 번의 카드 뽑기 마술에서 도영은 은설이 고른 카드를 세 번 맞추었다. 보기로 골라내는 카드마다 풀 하우스이거나 백 스트레이트라 마술사보다 도박사에 더 자질이 있는 것 아닌가 의심하고 있었는데, 세 번째부터는 정확하게 은설이 고른 카드를 골라 짚어

내었다. 은설이 세 번째로 고른 카드가 잭 클로버였다.

도영이 그 카드를 두 번째 들어 보였을 때, 은설은 혼돈과 무의미 속에서 선명하게 가시화되는 의미 하나를 발견한 느낌이 들었다. 은설은 소파에 깊숙이 파묻혀 도영을 바라보았다. 불쑥, 도영의 크고 뚜렷한 손가락과 손등 관절을 만져보고 싶다는 생각이 들었다.

쉼도 틈도 없이 날리던 눈발은 이제 눈보라가 되어 휘몰아치고 있었다. 그때 그날처럼 여지없는 폭설이었다. 비행은 취소되거나 지연될 것이고 승객들은 일순 노숙객이 되었다가 이제는 관객들이 될 요량으로 이곳으로 몰려들 터였다.

은설은 소위 사회적 정체성을 완성하기 위한 단계를 차곡차곡 밟아 왔지만 그럴수록 진정 삶이라 부를 수 있는 궤도에서는 점차 벗어나고 있다는 생각을 해왔다. 은설은 자신이 어떤 사람이라 정의할 수 있는지에 대해 질문하면서도 제대로 된 답을 갖고 있지 못했다. 모름지기 '삶'이란 것은 주체성을 가진 자아가, 자신이 정말 원하고 바라는 대로 시간을 자연스레 소모해 가는 것이라 여겼다. 하지만 자신의 삶은 애초 거품이 빠진 맥주를 마시는 것과 같은 기분이 드는 생일을 기점으로 이미 틀어져 버렸다는 생각이 들었다. 그것은 도영을 만난 생일날을 분기점으로 더욱 심화하여, 이제는 영영 그 답을 구하지 못할 것 같다는 아득한 기분마저 들었다.

은설은 전면 창 바깥을 눈으로 훑었다. 어둠 속에서 비행기의 불빛들이 작게 깜빡이고 있었다. 눈보라를 뚫고 착륙하기란 녹록하지 않을 듯했다. 오후 들어 거의 모든 비행기가 회항했을 터였다. 은설은 눈송이들의 가엾는 착지를 바라보았다. 땅에 채 닿기도 전에 녹아 없어지는 그것들을 바라보며 자신이 언제부터 그런 것들에 눈이 가게 되었나를 가늠해 보았다.

은설이 영화관에 입장해 착석한 후 처음 들어온 관람객은 40대 후반의 남자였다. 전체적으로 살집이 있는 체형이어서 어둠 속이었음에도 입체감이 뚜렷하게 느껴졌다. 남자는 은설과 같은 줄 맨 끝에 앉았다. 비즈니스 백을 앞으로 끌어안고 자리를 잡았다. 줄 가운데 아가씨가 핸드폰을 꺼내 들고 메신저를 살피자 남자가 들릴 듯 말듯 큼큼거렸다. 소리를 의식했는지 아가씨가 핸드폰을 껐고, 조금 후에 남자는 졸기 시작했다.

두 번째 관람객들은 가족으로 보이는 3인이었다. 성인 남자와 여자, 남자아이도 함께였다. 남자아이가 계단에 발이 걸려 넘어지자 옆에 있던 남자와 여자가 허둥거렸다. 좌석 번호를 미리 확인하지 않았는지 핸드폰의 조명을 켜고 한참을 두리번대다가 은설에게서 두 줄 떨어진 뒷자리에 앉았다. 그들은 목소리를 낮춰 계속 시끄럽게 굴었다. 은설 옆 줄 남자는 어느덧 잠에서 깨어 큼큼거렸고 남자가 뒷자리 3인 가족에 시선을 빼앗긴 사이, 아가씨는 잠깐 잠깐씩 핸드폰을 들여다보았다. 아이가 배가 아프다고 투덜댔다.

엄마인 여자가 비상약 등속은 모두 수화물로 부쳤다고 했다. 아빠인 남자가 약국에 다녀오겠다고 하자 여자가 혀를 차더니 말했다.

"하필 이런 날 여행을 가자고 해서는."

꽤 잠잠하다가 상영 후 십오 분 남짓이나 흘렀을까 싶은 시점에 한 쌍의 커플이 들어섰다. 커다란 알파벳이 한 자씩 새겨진 맨투맨 커플룩이 아니었다면 커플인지 알아채지 못할 정도로 둘은 데면데면해 보였는데, 둘 사이에서 느껴지는 냉랭한 기류 때문이었다. 좌석을 찾는 남자가 유달리 툴툴대는 것으로 보아 여자 쪽이 무슨 잘못을 한 모양이었다. 커플의 자리는 하필 은설의 줄 끝이었다. 앞자리도 비어 있었는데 그런 상의를 할 마음도 없는지 커플은 남자와 아가씨 그리고 은설 앞을 힘들게 지나갔다. 자리에 앉자 토닥대는 소리가 들리더니 커플 중 남자가 일어서 굳이 힘들게 들어온 길을 헤치고 밖으로 나갔다가 곧이어 들어왔다.

은설은 가방에서 티슈를 꺼내 핸드폰을 쥐고 있던 손바닥을 닦아냈다. 손바닥에서 식은땀이 베어났다. 그것은 땀을 잘 흘리지 않는 은설이, 낯선 이의 손을 잡게 될 때처럼 온통 손에 신경이 가 있을 때 일어나는 신체 현상이었다. 은설은 문이 열릴 때마다 긴장하며 입구를 쳐다보았다. 열린 문들 사이로 빛이 비칠 때 일말의 기대감이 불쑥불쑥 치받쳐 올라왔다. 은설은 손바닥의 땀을 닦아낸 뒤, 자신의 핸드백을 열어 보았다. 간단한 세면도구, 속옷, 지갑,

파우치, 안주머니에는 여권과 키링이 있었다. 키링은 5년 전 방문한 홋카이도에서 산 것으로, 북극성을 의미하는 별 모양의 참이 달려 있었다. 도영은 그 키링에 손가락을 살짝 벤 적이 있었는데, 북극성이 아니라 불가사리 따위가 아니냐며 핏방울이 맺힌 손가락을 붙들고 은설에게 볼멘소리를 했다. 키링에는 도영으로부터 받아낸 잭 클로버 카드가 달려 있었다. 은설은 카드를 코팅한 뒤 펀칭하여 키링에 매달아 놓았다. 은설은 카드의 모서리를 만지작거렸다. 코팅했음에도, 버릇처럼 만지작거려 어느덧 날이 뭉개진 카드는 처음의 꼿꼿함이 없어진 지 오래였다. 킹이 왕이고 퀸은 왕비이듯 잭은 기사였다. 그중 잭 클로버는 영국 아서왕의 12 기사 중 한 명인 랜슬럿을 가리켰다. 아서왕은 용맹하고 지혜로웠지만, 사랑하는 왕비 기네비어가 랜슬럿과 사랑에 빠지는 것까지 막을 수는 없었다.

영화는 연애를 시작한 지 2주년 기념일 파티를 일주일 앞두고 갈등을 겪게 되는 커플의 이야기를 다루고 있었다. 남자는 사별남이었는데, 전 부인은 산을 오르던 중 실종되었다. 갈등은 부인이 행방불명된 지 7년 후, 빙하에서 썩지 않은 시신으로 발견되고, 이를 확인하라는 당국의 편지가 남자의 집으로 날아들며 시작되었다.

편지를 받은 남자의 반응을 본 여자가, 기념일 파티를 취소할까 한다는 이야기를 친구에게 털어놓았다. 그러자 친구가 '기념일이라는 것은 목적지가 어딘지도 모르고 내달리는 남자들에게 한 번

씩 깃발을 꽂아 이정표를 알려주는 일'이라고 충고했다. 은설은
화면 속 여자 주인공의 입매를 유심히 살펴보았다. 입꼬리가 말아
올라간 그녀의 표정은, 지금 심정과는 달리 웃는 표정에 가까워 보
인다는 생각이 들었다.

영화관에 입장하기 전 은설은 혼자라도 영화를 보고 가겠다고
도영에게 답했다. 둘 사이의 약속에는 늘 변수가 전제되었다. 도영
은 언제인가부터 그것이 당연한 것처럼 설명하지 않기 시작했다.

"〈토리노의 말〉은 왜 그렇게 많이 본 거야?"

주로 월요일 저녁, 도영과 은설은 은설의 집으로 음식을 배달시
키거나 포장해와서 와인이나 샴페인과 곁들여 함께 먹곤 했다. 그
날은 해산물이 주력 음식인 집 근처 가게에서 은설은 연어아보카
도 덮밥을, 도영은 15피스의 스시를 포장해 집으로 와 나누어 먹
었다.

"삶이 영원히 반복된다고 생각하면 어떨 것 같아?"

도영이 가다랑어의 붉은 살점이 올려져 있는 초밥을 우물거리
며 물었다.

"영원히 회귀된다는 말은 이상한 것 같아. 영원과 회귀라는 말
은 왠지 어울리지 않잖아. 영원이란 말엔 왠지 일관성의 의미도 내
포된 것 같은데."

"일관성의 의미? 맞아. 영원히 일관되지. 그 말도 포함하고 있

어. 하지만 키워드는 반복, 반복에 있지. 니체는 삶이 영원히 반복되는 것이기 때문에 의미가 있다고 했지."

"죽음이 임박한 이들이나 억울하게 죽을 수밖에 없는 이들에게 들려줄 말은 아니겠군. 아주 많은 사람이 자신의 삶을 후회하며 죽어갈 거라 생각하는 쪽이거든."

"은설 너는 너무 진지하고 고지식한 데가 있어. 철학적 관념일 뿐이라고. 그런 쪽은 예외로 치부하는 게 낫지 않을까?"

"예외라고 생각하지 않아……. 빛이 들지 않는 곳이라고나 할까."

은설은 숟가락 끝으로 밥그릇의 빈 곳을 하릴없이 긁으며 대답했다.

"모든 경우에는 빛과 그림자가 있지. 그런 시혜는 나에게 좀 베풀어보는 게 어때."

도영이 미소지으며 오른손으로 냅킨을 들어 음식물이 묻은 은설의 입가를 닦아주었다.

가운뎃줄 아가씨가 핸드폰을 들여다보지 않았는데도 줄 끝 아저씨가 또 다시 큼큼거렸다. 도영에 대한 생각에 빠져 있던 은설은 곧이어 어떤 냄새를 맡았다. 단품 음식이 아닌, 뭔가 복합적인 종류의 음식 냄새였다. 뒤편에서 달그락거리는 소리가 났다. 의지와 달리 은설의 의식은 냄새의 성분을 분석하고 있었고, 그 때문에 영화의 어떤 미세한 흐름을 놓쳤다. 은설은 꼬고 있던 왼발의 구두코로 아무도 없는 앞 좌석을 콩콩하고 찍어댔다.

은설은 핸드폰의 홈 버튼을 눌러 메시지 함을 열어 보았다. 도영으로부터 온 답장은 없었다. 은설은 손가락으로 액정화면을 위아래로 이동시켰다. 크리스마스이브에 송으로부터 온 온라인 청첩장 링크 메시지가 눈에 들어왔다. 링크는 깨져 있어 사진은 볼 수 없었다. 텍스트 메시지에 나온 신랑, 신부의 이름만이 확인 가능했다. 신부는 전 직장 동료였던 송이었다. 신랑의 성은 김 씨였는데 은설은 기억에 없는 이름이었다. 신랑으로 추정할 수 있는 이는 있었다. 같은 회사에 근무했던 김 실장이었다. 그러나 은설은 김 실장의 풀 네임을 알지 못했고, 그가 회사를 그만둔 지는 2년이 넘었다. 은설은 오늘 도영에게 송의 문자에 관해 물어볼 셈이었다. 도영이 김 실장의 이름을 알고 있는지, 김 실장이 맞다면 어떤 반응을 보일지 궁금했다.

송과 김 실장이 사귄다는 것을 사내에서 맨 처음 알게 된 이는 은설이었다. 5년 전 폭설로 갇힌 그날 그 공항에서였다. 공항 로비의 작은 동상 뒤 편 벤치에 송과 김 실장이 앉아 있었다. 은설은 엄마와 전화 통화를 하러 조용하고 외진 곳을 찾다가 둘을 발견했다. 은설은 다른 팀의 출국 스케줄을 떠올렸지만 짚이는 것이 없었고 송이 김 실장의 어깨에 가만 손을 얹은 것을 보고 반사적으로 몸을 숨겼다. 두 사람이 눈치채지 못하도록 주춤주춤 물러서며 은설은 자리로 돌아왔다. 도영은 영화관에서처럼 모자를 눌러쓰고 팔짱을 낀 채 이미 잠들어 있었다. 비행이 재개되어 올라탄 비행기는 홋카이도 치토세 공항 상공에서 여러 번 착륙을 시도했으나 실패하고, 도쿄의 나리타공항으로 회항했다. 수십여 명의 승객들이 공항에서 마련해 준 숙소로 가는 버스를 타기 위해 줄지어 섰다. 은설은 도영과 함께였다. 도쿄는 다른 지역에 비해 눈이 적게 내렸지만 바람은 몹시 찼다. 호텔에 도착해 급격히 배가 고파진 은설과 도영은 짐을 풀고 호텔 인근 맥도날드로 향했다.

"맥도날드."

도영이 케첩을 짜는 동안 은설이 버거 케이스를 들여다보며 거기 적힌 알파벳을 의미 없이 소리 내 읽었다.

"마쿠도나루도."

이번에는 감자튀김과 치즈버거 세 개를 앞에 쌓아 놓고 도영이 짧게 일본식 영어로 말했다. 도영은 '마쿠도'나 '마쿠도나루도'라고 발음하지 않으면 일본인들이 알아듣지 못한다고 했다. 둘은 그렇게 한마디씩 하고 감자튀김을 집어 먹기 시작했다. 도영은 케첩 없이, 은설은 케첩을 듬뿍 찍어서.

감자튀김을 다 먹은 은설은 화장실에 다녀오겠다고 한 뒤 자리에서 일어섰다. 멀리서 송, 김 커플이 들어오는 것이 보였다. 그들의 애초 목적지는 도쿄인 듯했다. 이렇게 회사의 누군가와 마주하게 되리라고는 송도 생각하지 못했을 터였다. 은설이 돌아보니 도영은 두 번째 햄버거의 포장지를 신중히 벗겨내는 중이었다. 화장실을 찾아 헤매던 은설은 다시 계산대로 돌아올 수밖에 없었다. 매장 밖에 있는 화장실은 문이 잠겨 있었다. 점원에게 영어로 상황을 이야기했다. 영어인데 발음을 굴리니 못 알아듣는 것 같아 마쿠도 나루도 풍으로 이야기했다. 아이 니드 어 토이레또 키. 그제야 점원이 고개를 끄덕이며 찌그러진 코크 캔에 철제사슬로 연결된 화장실 열쇠를 쥐여 주었다.

밖으로 나서기 전 은설은 매장 안을 살폈다. 매장 구석에서 송과 김 실장이 자신을 등진 채 나란히 앉아 이야기를 주고받고 있는 모습이 보였다. 은설은 열쇠를 급히 움켜쥐고 화장실로 향했다. 저쪽 맞은편에서 도영은 세 번째 햄버거의 종이 포장을 신중히 벗기고 있었다.

은설이 다시 맥도날드에 돌아왔을 때 송, 김이 당황한 기색이 역력해 보이는 얼굴로 매장을 나서고 있었다. 입구에 서 있던 도영은 제자리로 돌아가는 중이었다. 은설이 자리에 앉으며 물었다.

"아까 인사팀 송이랑 김 실장 나가던데. 봤어요?"

"와우, 은설 씨도 인사했어요? 기막힌 우연이지 않아요?"

"그래서요, 그래서?"

"그래서라니. 신나게 알은체해줬어요. 사귀는 거냐고. 언제 그렇게 됐냐고. 흐흐."

도영은 그렇게 말한 뒤 은설을 바라보며 한쪽 눈을 찡긋했다.

"아……."

은설은 입을 벌리고 턱을 든 채 고개를 끄덕였다.

"뭔가 응원 비슷한 걸 해준 거군요."

"그렇죠, 응원. 얼마나 좋아요. 이런 폭설도 연애할 때는 운명 같을 거야, 그렇지 않아요?"

"그럴 것도 같아요. 안 그래도 험난한 길을 걷는 그들에게 찬물을 끼얹는 징조 같은 거랄까."

"은설 씨, 왜 이렇게 네거티브해요, 보기만 좋던데."

도영이 미간을 찌푸리며 들고 있던 햄버거를 입안에 마저 털어 넣었다. 은설이 박수를 딱 하고 치더니 소리쳤다.

"아, 맞다. 팀장님도 가셨잖아요. 김 실장님 결혼식에!"

그것은 도영이 정확히 세 개의 햄버거를 먹어 치우는 시간 동안 일어난 일이었다.

은설은 자신이 도영의 어떤 점에 빠져들게 되었는지 곰곰 따져 보고는 했다. 송과 김 실장을 마주친 후 은설이 '그들은 불륜'이라고 말해주자 그제야 기억이 났는지 '제수씨가 어떻게 생겼었더라' 하며 뒤늦게 진지한 표정으로 생각에 잠기던 모습이나, 알고 보니 이미 무슨 영화제에서 〈토리노의 말〉이라는 니체의 '영원회귀'와 관련된 그 지루한 영화를 다섯 번쯤 봤다는 의외의 면, 국내 마술사 자격증 같은 것을 획득하기 위해 열심히 연습하는 모양이라는 이야기를 같은 팀 팀원에게서 들었을 때와 같은, 자신으로서는 종

잡을 수 없었던 도영의 면면들을. 도영은 무채색 계열의 티셔츠에 통이 넓은 청바지를 자주 입었다. 십수 년 전에 유행했던 그 스타일은, —이제 다시 레트로라는 이름으로 유행하고 있었지만— 지금의 것과 완벽하게 일치하지는 않았다. 바지의 통이 미세한 차이로 조금 좁거나 나팔바지라고 하더라도 발목 부근에서 퍼지는 라인이 옛날의 그것과는 달랐다. 얼핏 도영은 레트로의 열풍에 동참하고 있는 듯 보였지만 그는 단지 시종일관 예전의 스타일을 고수하고 있을 뿐이었다. 도영은 그런 식으로 모든 일에서 긴가민가한 사람들의 시선에 개의치 않았고 자유로웠다. 은설은 도영의 이런 점이 조금 흥미로웠다. 도영이 지나갈 때면 신기한 물건을 바라보는 느낌이었고, 자신과는 확연히 다른 그런 면면들에 호기심을 지녔다. 시간이 점차 지나며 은설은 어느 철학자가 했던 말, '사랑이란 상대방과 하는 것이 아니라 자신의 상상력과 하는 것'이라는 글귀를 읽고 종종 그 말을 되새기고는 했는데, 그것이 자신의 연애 감정을 관통하는 정치한 문구라는 생각이 들어서였다.

그 일이 있고 얼마 지나지 않아 송은 회사를 그만두었다. 송은 일 처리가 깔끔했고 전반적으로 조용한 성품을 지닌 동료였다. 공항에서의 만남 뒤로 은설은 이상하게 송의 기미 같은 것에 예민해졌다. 몇몇 직원들도 송과 김 실장의 관계를 눈치채고 있었다. 한번 알고 나니 그들의 속 보이는 행동들이 눈에 자주 띄었고, 은설은 송이 무엇을 하든 그것이 김 실장과 연관된 일일 거라 단정지었다. 송의 얼굴 혹은 눈두덩이 부어 있거나 조퇴를 하거나 연차를 냈을 때도 은설은 과민하게 짐작했다. 송에게 흘끔흘끔 눈길이 가거나 자연스럽게 마음이 가는 것을 막지 못했다. 친한 동료들과 묵시적인 눈빛을 주고받거나, 식사를 함께하는 자리에서 그들의 이야기를 입에 올리기도 했다. 그때는 은설도 자신의 일을 예단하지 못했다. 그러다 송이 어느 날 그만두었다는 이야기를 들었을 때 은설은 깜짝 놀랐다. 전날까지도 송과 이야기를 나누었기 때문이었다.

회사 탕비실에서였다. 은설은 홍차를 마시려고 티백을 뜯어서 컵에 놓았다가 마음이 바뀌어 종이컵을 하나 더 빼서 옆에 놓았다. 그리고 티백 상자의 커피와 차들을 손가락으로 짚어가며 고르기 시작했다. 뭘 마시고는 싶은데 딱히 지금 마시고 싶은 것이 무엇인지 알 수 없었다.

"나도 자주 그래."

어느새 송이 은설의 뒤에 서 있었다.

"딱히 뭘 마시고 싶은지 모르겠어. 그래도 홍차는 아니야, 그렇지?"

송은 은설이 넣어 놓은 홍차 티백이 담긴 컵에 뜨거운 물을 부어 호로록 소리를 내며 들이마시더니 캔의 커피 가루 두 스푼을 떠서 종이컵에 담았다.

"그런데 누가 권하면 흔쾌히 마실 수 있게 되지, 설탕은 안 넣지?"

송이 티스푼으로 컵 안을 몇 번 저어 건네자, 은설은 그 커피를 받아서 천천히 마셨다. 송의 가느다란 팔목 팔찌에 하트 모양 펜던트가 달랑거렸다.

은설은 송과의 탕비실 에피소드를, 송이 떠나고 나서도 종종 떠올리곤 했다. 도영과 잠자리를 처음 가졌던 다음날 아침이었다. 은설은 먼저 일어나 이불을 뒤집어쓴 채 거실 소파에 한동안 앉아 있었다. 앞에 놓인 찻잔에서 피어오르는 훈김을 멍하니 바라보고 있자니 문득 송이 내밀던 종이컵이 생각났다. 송에게서 받아 마신 그 커피가 담긴 컵을.

도영은 키가 크고 자세가 구부정한 탓에 그가 걸어 다니면 그 자신도 어떻게 할 수 없는 몸놀림이 있어 시선을 끌고는 했다. 은설은 도영이 낮게 달린 조명 아래를 지나갈 때나, 선반의 모서리가 튀어나오도록 서가가 배치된 회의실의 코너 워크를 돌 때, 사람들을 내려다보게 되는 자신의 신장 때문에 엘리베이터 안에서 몸을 수그릴 때 그를 유심히 쳐다보고는 했다. 도영이 자신의 앞에 서 있을 때면 유난히 각지고 넓은 어깨 때문에 앞에 있는 어느 것도 보이지 않았다. 도영의 어깨는 오른쪽이 살짝 기울어져 있었다. 은설은 도영의 어깨를 볼 때마다 사람들이 흔히들 그렇듯 짝 걸음이

나 짝궁둥이나 짝눈 같은 것들을 떠올렸다.

  은설은 자신의 생일날을 계기로 그런 유심이 본격적인 사심으로 바뀌었다는 것이 아연했다. 하지만 곧이어 어떤 기운이나 기미 속에서 허우적대다 결국은 그것들에 전염된 것이라는 생각이 들었다. 간밤의 잔열이 순수하지 못한 것은 유감이었지만, 그동안의 관심과 주의, 그 모든 것이 지금 상태로의 귀결이라는 수식에 고개가 끄덕여졌다. 자신이 주체임에도 마치 자신의 행위를 지켜보는 이와 같은 감정이 드는 것은, 은설이 거부할 수 없는 어떤 이끌림이 있었던 거라 믿고 싶기 때문일지도 몰랐다. 은설은 커피잔 안의 크레마가 조용히 사그라드는 것을 바라보다 자세를 고쳐 앉아 창밖을 응시했다. 풍경, 정물, 심지어 사람들까지도, 바라보는 모든 사물이 갸우뚱해진 느낌이었다. 은설은 아주 천천히, 고개를 모로 기울였다.

  핸드폰을 만지작거리며 송은 왜 이런 문자를 보낸 것일까 하고 은설은 생각했다. 별 뜻 없이 전체 문자로 소식을 전한 것일지도 몰랐다. 그렇다면 정리되지 않은 연락처 속에 은설의 번호가 남아 있을 공산이 컸다. 꼼꼼한 성격의 송이 그런 실수를 할 리 없다는 생각도 들었다. 신랑 될 사람은 김 실장이든 김 실장이 아니든 둘 다 의미 있는 일일 것이었다. 은설에게는. 그것을 알려주고 싶었던 송에게도.

은설은 자신의 생일이 돌아오면 공항 옆 영화관에서 영화를 보고 저녁을 먹는 데이트 코스를 매해 계획해 왔다. 자신의 생일날, 공항에서 처음 도영에게 마음을 빼앗겼기 때문이었다. 크리스마스 다음 날이면 공항은 해외여행을 다녀온 사람들로 늘 북적이는 데 반해 영화관은 한산했다. 그러다 오늘처럼 이런 폭설이 오면 영화관은 일상적이지 않은 기운들로 생동하고는 했다. 은설은 그런 낙차가 있는 해를 기다렸다. 그런 식으로 반복되는 느낌들을 싫어하면서도 좋아했다.

도영은 자주 약속을 지키지 못했다. 일이 먼저였고, 아이와의 약속, 아내의 부탁 다음 혹은 그 사이사이 비게 되는 시간이 은설에게 할당된 시간이었다. 그것이 자신을 향한 애정의 크기에 비례하는 것은 아니라고 생각했고 불평하지 않았다. 둘 사이의 관계에 목적이나 지향점이 있다고 여기지 않았다. 그래도 혼자 남는 시간이 누적될수록 적막감이 커졌다. 일상의 축이 무너져 일순 출렁거렸다가 탄성을 얻어 다시 회복되기까지 점점 오랜 시간이 필요해졌다. 도영이 좀 더 진지해지길 바라는 마음이 일기 시작했다. 도영이 살아가는 궤적에 은설은 함께할 수 없을지도 몰랐다. 알고 있었지만 그렇다고 해서 힘이 빠지지 않는 것은 아니었다. 그런 연애에 있어 응석 부릴 나이는 지났다고 생각했을 뿐이었다. 지금 보는 영화에 나오는 여자 주인공처럼.

영화는 이제 절정을 향해 치닫고 있었다. 영화 속 여자는 남자의 창고나 다름없는 다락방에 몰래 올라가 남자의 흔적들을 찾아보면서 2주년 축하 파티의 주인공이 어쩌면 자신이 아닐지도 모른다고 생각하는 것 같았다. 여자의 시선이 가닿는 곳을 은설은 뚫어지라 바라보았다.

은설은 축축한 손으로 꽉 쥐고 있는 핸드폰의 홈 버튼을 다시 눌렀다. 진동이 느껴졌기 때문이었다. 도영의 소식 대신, 송의 문자 메시지가 한 통 들어와 있었다. 이전 메시지에 깨진 청첩장 링크가 첨부되었다며 정정 메시지를 보낸다는 내용이었다. 은설은 줄 끝 남자를 의식하며 링크를 눌렀다. 느린 로딩 끝에 한 장의 사진이 핸드폰 화면에 펼쳐졌다. 화관을 쓴 하얀 드레스 차림인 송의 손끝을, 안경을 쓴 턱시도 차림의 남자가 들어 올리고 있었다. 김 실장이 아니었다. 김 실장은 이보다 키가 작았다. 은설은 큼큼대는 남자는 어느새 잊고 한동안 화면을 바라보았다.

도착했어. 영화관 로비로 갈게.

핸드폰이 진동음을 내며 짧게 울렸다. 도영으로부터 온 문자였다. 은설은 자신도 모르게 손에 들고 있던 물건들을 양손으로 꽉 움켜쥐었다. 영화관 문을 열자 실내조명에 눈이 부셔 은설은 미간을 살짝 찌푸렸다. 로비는 사람들로 꽉 차 있었지만 은설은 도영을 쉽게 찾을 수 있었다. 도영의 어깨 위로 작고 까만 머리가 얹혀 있었다. 은설과 인연을 맺기 1년 전 쯤, 도영의 아내는 아이를 낳았다. 은설은 한 살이 된 아이의 돌을 맞아 도영이 회사 내에 돌렸던 돌떡의 고소한 맛도 기억하고 있었다. 그렇게 작았던 아이가 어느덧 머리카락이 길게 자라도록 커서 도영의 품에 잠들어 있었다. 은설은 영화관의 내력벽이지만 그렇게 보이지 않게 디자인해 놓은 기둥 뒤로 살짝 몸을 숨겼다. 도영의 기울어진 오른 어깨가 아이에게는 맞춤한 듯 보였다. 그러고 보니 도영의 아내는 허리가 좋지 않아 아이를 안아 들지 못한다고 했다. 어딜 가든 저 아이는 저렇게 도영에게 안겨 있었을 것이고, 도영의 어깨는 그러는 사이 기울었을지도 몰랐다. 도영은 아이의 머리가 어깨에서 흘러내리지 않게 오른손을 섬세하게 움직여가며 이곳저곳을 살폈다.

꽤 많은 시간을 함께했지만 은설은 도영이 자신에 대해 전혀 알지 못하고 있다는 생각이 들었다. 알았다면 저렇게 아이를 안은 채 올 수 없었을 것이다. 시간의 응축 같은 것, 시간이 모인 어느 한 점 같은 것, 까만 바둑알 같기도 하고, 도영에게 달라붙어 도영을 이리저리 움직이는 조이스틱과도 같은 저것을 은설은 가까이 다가가 볼 자신이 없었다. 그 시간이 저렇게 흘렀구나, 하는 생각에 은설은 엄두가 안 났고, 과거 어느 날 불쑥 불쑥 느끼며 절대 숨기지도 않았던 그런 결기와 객기가 자그맣게 사그라드는 것을 발견했다. 자신의 내부 안에서 피식, 피식, 피시식.

멀어지는 도영을 바라보다 은설의 시선은 로비의 전등에 멈췄다. 램프의 빛이 세미하게 흔들리고 있었다. 도영은 어느덧 비상구

입구에 서 있었다. 은설은 그런 도영을 한번 보고 다시 전등으로 시선을 돌렸다. 그때 전구의 필라멘트가 지직거리더니 퍽 하는 소리와 함께 불빛이 나갔다. 은설이 아, 하고 가볍게 탄식을 내뱉는 순간 은설의 핸드폰이 울렸다. 도영으로부터 걸려온 전화였다. 은설은 거절 버튼을 누르고 핸드폰의 전원을 껐다. 은설은 뒷걸음질을 하며 영화관 안으로 들어섰다. 은설은 어둠 속에서 도영이 비상구의 출입문을 열고 완전히 사라지는 모습을 바라보았다. 그리고 은설은 졸고 있던 남자의 무릎을 조심스레 피하지도 않고 자기 자리로 향했다. 은설에게 무릎이 차인 남자가 어깨를 움찔거렸다.

영화관 출입문이 열리더니 어떤 형체가 안으로 들어섰다. 핸드폰으로 통화를 하며 나갔던 커플 남자는 두 손에 라지 사이즈 팝콘 한 팩과 코카콜라, 프레즐이 들어 있을 게 분명한 종이봉투까지 잔뜩 들고 있었다. 위태위태해 보이던 그는 결국 가운뎃줄 아가씨가 바닥에 내려놓은 가방에 발이 걸려 넘어지고 말았다. 커플 남자는 콜라를 놓치지 않기 위해 팝콘을 흩뿌렸다. 뒤편에서 '품' 하고 웃는 소리가 들렸다. 어둠 속에서 은설은 자신의 스커트 위로 쏟아진 노란 팝콘을 바라보았다. 커플 여자가 반대편에서 뛰어왔다. 남자와 여자는 은설을 오작교 삼아 만나 사태를 수습해 나갔다.

몇십 분 전까지만 해도 싸우고 있었던 그들이 아니었나.

남자도 이제 실수 한 가지를 했으니 이제 그들은 샘샘이었다. 자리를 대충 수습하고 커플이 돌아갔을 때, 뒤늦게 화가 치민 이는 은설이었다. 이 장면은 왠지 데자뷔와도 같은 느낌이 들었다. 이 시간 이후 모든 카드의 패가 뒤집히듯 자명한 결과를 마주하게 될 것이라는 생각에 무서움이 일었다. 영화에서 플래터스의 'Smoke gets in your eyes'라는 노래가 나오고 있을 때였다. 아찔한 기분이 듦과 동시에 은설은 속닥대는 커플에게로 가 그들의 볼때기를 양손으로 야무지게 잡아 뜯어 버리고 싶은 욕구를 느꼈다. 그들뿐만이 아니었다. 결항 속보를 확인하는지 자꾸 핸드폰을 열어 보는 아가씨의 핸드폰을 패대기치고, 고개를 꾸벅거리며 졸거나 깨어 큼큼거리는 남자의 벗어진 머리를 손바닥으로 내리친 뒤, 아이와 함께 끊임없이 속달거리는 삼인 가족을 영화관 밖으로 밀쳐내고 싶은 욕구로 가슴이 부글거렸다.

'왜 영화를 똑바로 보지 않냐고, 보지 않을 거면 가만히나 있으라'고 소리치고 싶었다. 은설은 쥐고 있던 가방을 들고 일어나 영화관 밖으로 나섰다. 은설은 영화관의 로비를 가로질러 회전문을 지나 공항 안으로 들어섰다. 공항 곳곳을 채우고 있는 승객들 사이를 비집고 들어가 어느 항공사 데스크에서 운항이 재개되는 데로 출국할 수 있는 가장 빠른 티켓을 발권받았다. 티켓을 왼손에 쥐고 은설은 실내 후미진 어느 벽에 몸을 기대며 크게 숨을 들이마셨다. 금방이라도 숨이 멎을 것 같은 기분이었다. 그리고 자신의 왼손, 아까부터 꽉 쥐어 살살 펴기 시작하니 피가 통하듯 미세한 전류가 흐르는 왼손을 들여다보았다. 손을 펴자 자연히 얼굴이 일그러지

며 시야가 뿌예졌다. 키링의 북극성 어느 한 각에 베인 듯 손바닥
에 시린 느낌이 감각되었다. 눅진한 피가 묻은 잭 클로버 카드는
원래 모습을 알아보지 못할 정도로 잔뜩 구겨져 있었다. 운항 재개
를 알리는 녹색 사인등이 작게 점멸하기 시작했다.

소설 속 영화 〈7년 후〉는 앤드류 헤이(Andrew Haigh) 감독의 영화 〈45년 후〉(2016년)의 내
용을 일부 변용하여 지어낸 것임을 밝힙니다.

*

잡
토
피
아

오전 8시 10분, 잡토피아 내 556개의 조명이 일제히 점등되었다. 세호가 자러 갈 시간이었다.

잡토피아의 야간 경비조인 세호는 근무일지를 작성한 후 최와 자신의 사원카드로 퇴근 로그를 확인하고 지하 1층 비상계단 옆, 창고로 돌아와 잠을 청했다. 이곳은 잊힌 곳이었다. 리모델링을 하며 방 바깥 외벽과 출입문을 같은 색으로 칠해 구별이 잘 가지 않는 데다 창고를 관리하던 세호의 전임자도 잡토피아를 그만두며 이곳은 완벽히 잊혔다. 출입문 손잡이는 계단참의 안쪽에 위치 해 있어, 세호는 상자를 쌓아 입구가 눈에 띄지 않도록 신경 썼다. 방 밖 지하의 천장 모서리에는 CCTV가 설치되어 있었다. CCTV는 세호가 설치한 거였다. 창고 안에도 지하 2층으로 내려가는 별도의 출입문이 있었지만 세호는 행여 모를 기습방문에 대비하기 위해 잠을 잘 때 항상 그것을 켜 놓았다. 핸드폰과 연결된 CCTV의 볼륨은 크지 않게 조절했다. 지하 철제문을 여닫는 소리, 통화하는 소리, 지하를 선택해 승강이를 벌이는 사람들의 소리가 나지막이 들려왔다. 사람들은 지하로 내려와 여러 가지 이야기를 세호에게 들려주었다. 돈을 빌리러 이곳저곳 전화를 걸어 사정하거나, 입사지원서를 낸 곳에서 불합격 통보를 받거나, 여자 친구에게 틈만 나면 전화를 걸어 핀잔을 듣거나. 세호가 들은 이야기들을 종합해 평균값을 내자면, 평범하면서 조금은 우울한 내용의 통화들이었다고 할 수 있다. 세호는 가끔 그 소리에 맞춰 꿈을 꾸기도 했다. 사람들은 CCTV의 연원을 궁금해하지 않았다. CCTV는 스스로 어디서 왔는지를 증명하는 물건이라도 된다는 식이었고, CCTV 아래 노출되는 사람들은 자신을 피사체로 여기기 바빴다. 세호는 그 맹점을 알고 있었다.

4평 남짓 직사각형의 이 방에는 모든 것이 갖추어져 있다. 애초에 무슨 용도로 지어졌는지 모르지만 지하 주차장에 면한 비상구와 작은 화장실도 딸려 있었다. 전선을 연장해 선풍기, 온열기 같은 웬만한 전열기도 이용할 수 있었다. 세호는 부스에서 재고 처리되어 1층 창고에 쌓여 있던 침대와 침구 일체를 이곳에 몇 개 가져다 놓았다. 침대 두 개를 사이드로 배치하고, 침대 위에는 박스와 여러 가지 잡동사니를 올려 두었다. 방이 발각되더라도 창고처럼 보이기 바라서였다. 침대 옆 상자에는 세호의 단출한 짐이 들어 있었다.

방에 없는 것이 있다면 창문이었다. 잡토피아 내에도 창문은 없었다. 구름은 있었다. 잡토피아 1층 입구 쪽에는 익스트림 클라이밍 등반가를 위한 암벽이 있고, 암벽 위로 구름이 그려져 있었다. 거기서 시작된 구름은 돔 형태의 천장 안을 가득 메우고 있었다. 조명이 켜지면 아침이고 조명이 꺼지면 밤인 곳, 세호는 이 방도 잡토피아에 무척 어울리는 곳이라 생각했다.

잡토피아는 1990년 9월 10일 멕시코 멕시코시티에서 16세 이하 어린이들을 대상으로 처음 개장했다. 어린이들은 그곳에서 어른들의 실제 직업세계를 체험할 수 있었다. 멕시코의 수도 멕시코시티를 시작으로 세계 곳곳에 똑같은 잡토피아가 론칭되었다. 서울은 세계에서 열 번째로 잡토피아가 론칭된 곳이었다. 잡토피아에는 약 90여 종의 직업이 설계되어 있었다. 거대한 원형경기장과도 같은 돔 형태의 공간에 100여 개에 달하는 직업 체험 부스가 설치되어 있었다. 각 부스에는 슈퍼바이저라고 불리는 이들이 네 명에서 많게는 여섯 명의 아이들과 함께 각각의 직업 체험을 했다. 1회 체험 시간은 20분이었다.

얼마 전부터 세호는 잡토피아에서 이상한 낌새를 느꼈다. 세호라면 그러지 않았을 무언가가 미세하게 바뀌어 있었다. 야심한 밤, 아무도 없어야 할 그곳에서 인기척을 느낀 적도 있었다. 무엇보다 세호는 누군가 자신을 쳐다보는 느낌을 받았다. 그것이 무엇이고 누구인지 알 수 없었다. 모든 전열기들의 상태는 경비실에서 확인이 가능했다. CCTV도 마찬가지였다. 세호는 조금 더 조심스러워져야 한다고 생각했다.

어느 날, 의심은 확신이 되었다. 세호는 1층 순찰 전, 늘 치워두었던 안전 콘을 제자리에 가져다 두었다. 세호가 1층을 돌고, 2층으로 올라가려던 순간 안전 콘이 넘어져 있는 것을 발견했다. 세호는 즉시 보안실로 올라가 CCTV를 살폈다. 2층 수면 과학실에서 어른대는 그림자가 보였다. 세호는 잡토피아 내 전체 조명을 일시 점등했다. 대낮처럼 각각의 사물들이 모습을 드러냈고, 미동하지 않는 사물들 사이에서 그림자는 형체를 지닌 채 허둥댔다. 그림자는 검정 후드티의 후드를 뒤집어쓴 뒤 마스크를 쓰고 있었다. 세호는 실내 방송 스피커의 볼륨을 올렸다.

"거기 2층 A구역 128로, 숨어 있는 거 다 보입니다. 밖으로 나오세요."

그림자는 한동안 미동 없이 있다가 주춤대며 수면 과학실의 문을 열고 밖으로 나왔다. 세호는 일부 조명과 스피커의 전원을 끈 뒤, 랜턴을 가지고 그림자가 있는 곳으로 향했다. 세호가 수면 과학실이 보이는 원형 계단을 타고 올라가자 그림자는 갑자기 도망치기 시작했다. 세호도 같이 뛰었지만 그림자는 1층 항공 관련 직업을 체험하는 여권 심사대의 수많은 틈 중 한 곳으로 사라져버렸다.

누구일까. CCTV에도 걸리지 않으며, 자신에게도 존재를 알리지 않는 이. 그런 이는 누구일까……. 세호는 거듭 생각했다. 잠을 이루기까지 오랜 시간이 걸렸다.

출근하면 세호는 직원들의 퇴근 로그를 꼼꼼히 확인했다. 공란이 한 명이라도 있다면 주의해야 했다. 세호는 직원들의 기본적인 인적사항과 근무처가 기록된 인사기록장부를 자주 들여다보고는 했다. 그것은 세호의 오래된 습관이었다. 모두의 퇴근이 확인되면 세호는 잡토피아 내를 순찰했다. 이때 전체 조명은 켜지 않았다. 들고 다니는 랜턴과 부스 내의 보조 전등으로도 살피기에 충분했다. 잡토피아 내의 모든 공간은 상당히 정교하게 만들어져 있다. 그도 그럴 것이 전문 디자이너가 실제 기업체를 방문하여 실사화 과정을 거친 뒤 부스를 제작하기 때문이었다. 기업들은 이곳을 완성하기 위한 정보를 제공하고 물적 자원을 보조했다. 이곳에 있는 상점, 빌딩, 레스토랑, 방송국, 자동차, 거리의 가로수, 벤치 등 모든 것들의 크기는 아이들 눈높이가 기준이었다. 성인인 슈퍼바이저가 부스 안에 있으면 부스가 유달리 좁아 보였다.

세호는 잡토피아에 오기 전 사회에서 투명인간과 다름없었다. 신문과 택배, 각종 심부름을 배달하거나 대행하며 그는 사시사철 후드티를 뒤집어쓰거나, 모자, 헬멧을 쓰고 다녔다. 아파트 비상 계단으로만 다니다 보니 자신과 같은 이들을 자주 마주쳤다. 뜨거운 햇빛과 차가운 공기에서 몸을 보호하고자 온갖 패브릭들로 중무장한 동종 업계의 청장년들, 모자를 뒤집어쓰고 사람들이 다니지 않는 뒷길로 다니며 청소를 하던 이들. 세호는 '이봐'라거나 '김 씨'라거나 '저이'라고 불리었다. 세호의 이름을 제대로 불러주고 얼굴을 기억해 주는 이들은 없었다.

오 년 남짓한 그의 배달 인생에 남은 것은 탈모였다. 세호는 모자를 벗어 이제는 제법 잔머리가 난 그곳을 매만져 보았다. 그곳만 동그랗게 길이 차이가 나는 탓에 모자를 벗고 있거나 잠들기 전 쓰다듬어 보는 버릇이 생겼다.

"아니지……."

세호는 뇌까렸다. 생각해보니 바깥세상에서 이곳으로 들어오기 전, 세호는 얻은 것이 하나 더 있었다.

그것은 이름이었다.

세호는 자신과 일란성 쌍둥이인 동생 재호와 단둘이 살았다. 부모는 거액의 빚을 남긴 채 사고로 죽었다. 세호는 파산신청을 했다. 살던 집도 포기했지만, 법이 면제해 주지 않는 빚도 있었다. 세호와 동생은 사채업자에게 시달렸다. 세호는 빚을 갚아나가며 생활비와 동생의 학비를 벌었다. 고등학교를 중퇴한 데다 자신이 써 보지도 못한 많은 빚이 있는 세호에게 평범한 삶이란 요원했다. 세호에게 숨 쉴 구멍이 하나 있다면 동생이었다. 동생은 법대 3학년을 휴학하고 고시 준비를 시작했다.

어느 날 세호는 택배를 배달하고 돌아오는 길에 교통사고를 냈다. 자신도 다쳤지만 그곳에서 도망쳤다. 보험을 들지 못한 탓이었다. 앞차의 운전자는 정신을 잃었으나 생명에 지장은 없어 보였다. 회사에 급하게 연락을 취하고 일을 그만둔 뒤, 숨어 지내다가 지방 공사 현장을 떠돌며 3주 정도 일을 했다. 천운이랄까, CCTV나 블랙박스에 걸리지 않고, 목격자도 없었는지 세호를 쫓는 이들이 없었다. 세호는 떠나기 전 핸드폰으로 동생에게 문자 메시지를 남겼는데 그 뒤로 연락하지 못했다. 세호는 동생이 비상금이 든 통장의 카드를 가지고 있고 비밀번호도 알고 있기에 크게 걱정하지 않았다.

세호가 집으로 돌아가 반지하인 자신의 집 철제문을 열었을 때였다. 지금껏 맡아보지 못했던 냄새가 훅 끼쳤다. 악취는 날카롭게 부피감을 지닌 채 열린 문틈 사이를 비집고 나와 세호를 밀쳐냈다. 자취방에는 시신이 놓여 있었다. 놓여 있다고 표현한 것이 맞았다. 시신은 반듯하게 누운 채 양손을 배 위에 올려놓은 모습이었다. 볕이 전혀 들지 않는 그곳에서 동생은 반쯤 건조되어 있었다. 세호는 잠시 동생이 아닌 게 아닐까 하는 생각도 해보았다. 멀리 떨어져 살펴보니 골격이 동생과 꼭 같았다. 방 안 모든 전열기들은 지하의 습기와 시신에서 새어 나온 체액으로 쿨렁거렸다. 부식된 그것들은 형체만 간신히 유지하고 있을 뿐이었다.

자신은 어느덧 죽은 이로 신고되어 있었다. 넋이 나간 세호 대신 집주인이 경찰에게 몇 마디 거든 것이 그대로 진술서에 기록되었다. 집주인은 동생을 몰랐지만 세호도 알지 못했다. 월세가 입금되지 않자 넘겨짚어 말한 것이었다. 세호는 의사가 사체를 세호 자신이라고 지칭할 때 대꾸하지 않았다. 세호는 자신이 누워 있는 느낌을 받았다. 그렇다고 해도 이상할 것이 없었다. 동생의 이름을 세상에서 지운다는 것이 쉽지 않았다. 동생의 사인은 심장마비였다. 그나마 사인이 명백해 세호는 의심받지 않을 수 있었다. 세호는 동생도 자신처럼 투명인간이었구나 하는 생각이 들었다. 동생도 형인 자신 외에는 찾는 이가 없었다. 학원은 출석하지 않았고, 같이 공부하는 사람도 없었으며, 학교는 휴학 중이었다. 세호는 동생이 자신이 보낸 문자를 보고 죽은 것인지 보기 전 죽은 것인지 궁금했지만 확인할 방법이 없었다. 시신은 화장해 어머니의 묘에 뿌렸다.

모든 것을 정리한 뒤 세호는 동생의 이름으로 잡토피아에 취직했다. 이 일은 신용도 깨끗하고 인지도 있는 대학의 3학년 휴학생 신분으로 얼마든지 구할 수 있는 일이었다. 세호의 과거를 말해주는 까맣게 그은 얼굴과 뭉툭한 손가락, 옹이가 깊고 바닥이 갈라진 두툼한 손을 면접관들은 무심히 보아 넘겼다. 세호는 난생처음 추울 때 따뜻한 곳에서, 더울 때 시원한 곳에서 일하게 되었다. 세호는 한동안 이런 환경이 어리둥절했다.

세호가 침입자에 대해 긴장하는 이유는 따로 있었다. 처음에는 단순한 순찰 업무였을 뿐이었다. 전 사원들의 퇴근 로그를 확인하고, 두서너 시간에 한 번씩 순찰을 하고. 세호가 최초로 다른 일에 흥미를 느끼게 된 것은, 제 위치에 놓여 있지 않은 모자 때문이었다.

모자는 치과 병원 입구의 대기석에 얌전히 놓여 있었다. 한눈에 봐도 누구나 용도를 알 수 있을 소방관 모자였다. 세호는 그 빨간 플라스틱 재질의, 형광테이프가 십자 모양으로 붙어 있는 모자를 한참 살펴보았다. 앞면에는 독수리를 로고로 만든 엠블럼 스티커가 붙어 있었다. 잡토피아 내 소방서 건물 앞 벽면에도 이 로고가 새겨 있었다. 세호는 모자를 머리에 살짝 얹어 눌러 보았다. 모자는 맞춤하게 들어갔다. 세호는 앞머리를 정돈하고 모자의 끈 길이를 늘여 얼굴 크기에 맞게 조절했다. 모자를 쓰고 치과 출입구 유리문에 자신을 비추어 보니, 랜턴 대신 관창을 잡아보고 싶다는 욕구가 생겼다. 아니, 그보다 제과점 뒤편 주차장에 세워진 체험용 미니 소방차가 떠올랐다. 세호는 소방차를 향해 뚜벅뚜벅 걸어가 그것에 올라탔다. 소방차는 잠겨 있지 않았다. 세호는 버튼을 눌러

시동을 걸었다. 신기했다. 사이렌이 울리지 않게 조심하며 상향등을 켰다. 세호는 잡토피아 내를 천천히 한 바퀴 돈 뒤, 소방서에 배당된 건물 앞에 멈춰 섰다. 건물은 화재진압체험을 위해 만들어진 것으로, 화재 이미지를 충실히 재연하고 있었다. 세호는 차에서 내려 건물 앞에 붙박이로 고정되어 있는 호스의 작동 버튼을 눌러 보았다. 물이 뿜어져 나왔다. 어디엔가 있을 건물의 전체 조명과 관련된 스위치를 켜면, 건물 전체가 인공 화염으로 이글거릴 것이었다. 입사 초기 OJT를 받으면서 본 직업 체험 현장이 떠올랐다. 아이들이 호스 앞에 일렬로 서서 작동버튼을 누르면, 소방복을 입은 슈퍼바이저들이 아이들 옆을 오가며 손뼉을 치고 고함을 쳤다. 실제상황인 것처럼 재연하기 위해서였다. 세호는 그런 분위기를 떠올려 보았다. 관수의 물은 쉼 없이 발사되었다.

그 다음 날부터 세호는 1층을 탐색하기 시작했다. 1층에 있는 직업들을 하나하나 살펴보았다. 수많은 직업이 여기 있었다. 둘째 날 세호는 외제 유명 브랜드의 자동차로 트랙을 돌며 시승해보고, 은행에 가서 통장 하나를 개설했다. 배가 고프면 베이커리에 가서 도넛을 만들어 먹거나, 조형 틀에 코코아 액상을 넣어 초콜릿을 만들어 먹었다. 2층에 있는 소극장에서 세호는 뮤지컬 배우가 되어 생전 처음 듣는 재즈곡을 틀어 놓고 춤을 추었다. 댄스 의상은 걸칠 수 있었고, 슈퍼바이저가 벗어 놓고 간 댄스화는 발에 꼭 맞았다. 음악이 끝나자 세호는 무엇인지 모를 것에 작게 탄식하며 감동했다.

입사 후 육십 일째 되던 날, 세호는 잡토피아 1층에 있는 법원으로 향했다. 법원에 들어서는 것은 썩 내키지 않았기 때문에 그동안은 문 앞에서 돌아서곤 했었다. 그날만큼은 결심이라도 한 듯 곧바로 분장실로 가서 여러 종류의 법복을 살펴보았다. 그중 붉은 벨벳에 감색 폴리에스테르 재질의 테를 두른 판사복을 전면 거울에 걸어두고 한참 바라보았다. 세호는 고시준비를 하다 죽은 동생을 떠올렸다. 늦은 밤 목이 말라 잠에서 깼을 때 보았던 동생의 동그란 등판이 생각났다. 고개를 주욱 빼고 책을 읽는 버릇 탓에 누운 자리에서는 동생의 뒤통수가 거의 보이지 않았다. 세호는 방해하면 안 되겠다는 생각에 갈증을 참고는 했다. 동생의 움직이지 않는 뒷모습을 오래 들여다보다 까무룩 잠에 빠져들었다. 어린 시절 공부에 두각을 드러냈던 것은 세호 자신이었지만, 일이 그렇게 되고 나니, 세호는 자연스럽게 생계를 꾸려나가야 했다. 세호는 잡토피아에 들어온 뒤 자주 동생을 떠올렸다.

세호와 동생에게도 분명 안온했던 시절이 있었다. 나란히 누워 지붕을 두드리는 빗소리를 들으며 덮은 이불 새로 발가락을 꼼지락거리며 만화책을 보던 시절, 부모 몰래 숨겨 두었던 세뱃돈을 들고 장난감 가게에서 함께 이것저것 고르던 시절, 사십 분 거리에 있는 서점에 가기 위해 땀을 뻘뻘 흘리며 앞서거니 뒤서거니 걸었던 여름날의 기억들이 그것이었다. 세호는 자신의 오른손 두 번째 손가락 중간 마디를 매만졌다. 다른 손마디에 비해 퍽 두꺼웠다.

동생과 탄 버스의 기사가 급정거하는 바람에, 튕겨 나가는 동생을 잡아주다 생긴 골절이었다. 손가락뼈는 한번 변형이 되고 나면 원 상태로 돌아오지 않는다고 했다.

법정 체험을 처음 하고 온 날, 세호는 꿈을 꾸었다.

책상에 앉은 동생의 동그란 등판이 눈에 들어왔다. 한쪽 어깨가 들썩거리는 것이 세호가 늘 봐왔던, 무엇인가를 열심히 써 내려가는 모습이었다. 세호는 동생에게 잠자리에 들라고 말하고 싶었으나, 한 말이나 됨직한 모래가 잔뜩 채워진 것처럼 입을 벌릴 수 없었다. 세호는 모래를 뱉을 수 없었다. 그렇다고 삼킬 수도 없는 노릇으로 이러지도 저러지도 못하는 기분으로 잠에서 깨어났다.

꿈에서 깬 세호는 동생의 이름이 새겨진 사원증을 한참 들여다보았다. 세호는 동생이 죽게 된 이유에 대해 끊임없이 생각했고 세 가지 정도로 그것을 정리했다. 첫 번째는 삶에 대한 회의, 두 번째는 자신과의 연락 두절 후 형이 자신을 버렸을지도 모른다는 불안감과 배신감, 세 번째는 합격에 대한 압박감. 세 가지 이유 모두 심약한 동생이 죽음에 이를 이유로 차고도 넘쳤다. 첫 번째와 세 번째 이유가 잠재의식처럼 늘 머릿속에 내재해 있었는데, 자신의 가출이 동생을 죽음으로 몰고 간 결정적인 이유라는 생각이 들었다. 세호는 자괴감을 느꼈다. 그렇지만 세호는 살아 있었다. 세호는 어쨌든 지금 이 순간 살아서 동생의 이름으로 잡토피아에 머무르고 있었다. 세호는 자신이 얻은 이름에 대해 생각했다. 그 이름은 온

전하게 자기 몫이 될 수 없었다.

세호는 매일 법정에 들러 도구와 명칭, 법정 내 비치된 기기들의 조작법 등을 파악했다. 프로그램은 일주일에 한 번 다른 시나리오로 변경되었다. 세호는 법정용어를 외우고 역할에 할당된 적절한 대사를 외웠다. 법정에는 검사와 변호사 명찰을 단 구체관절인형이 그럴싸하게 앉아 있었다. 세호가 선고를 하고 버튼을 누르면 인형들이 자리에서 일어나서 판사인 세호에게 고개를 숙였다. 이와 동시에 법원의 개정 중 팻말에 불이 꺼지고 엘이디 팻말은 폐회를 선언했다. 세호는 꽤 진지하게 역할을 수행했고, 모든 순서를 외웠으며, 굳이 마지막 판결문을 보지 않고도 알맞은 판결을 내릴 수 있을 정도로 많은 사례들을 연습했다. 이런 행동이 현실의 어떤 것들도 대체할 수 없다는 생각이 들면서도 세호는 용기가 없었다. 지난했던 과거로 혼자 돌아갈 용기가.

이런 이유로 세호는 감지된 침입자를 경계해야 했다. 당분간 체험을 못한다 해도 별 수 없었다.

세호의 무언극이 시행될 수 있었던 이유는 같이 근무하는 동료 최의 잦은 이탈덕분이었다. 처음 세호가 야간 경비 조에 투입되었을 때, 최는 세호보다 일 년 먼저 입사해 근무 중이었다. 그와 보름쯤 근무했을 때 최가 세호에게 말했다.

"급하게 돈을 좀 마련해야 할 것 같아."

세호는 최를 쳐다보았다. 공동의 일을 위해 돈을 같이 빌리러 다니기라도 하자는 착각이 들 정도로 최의 제의는 긴밀했다. 어쨌든 세호는 빌려줄 돈도, 돈을 빌릴 곳도 없었기 때문에 눈만 껌뻑이고 있었다. 최는 세호의 사정을 익히 알고 있다는 듯이, 두말없이 자신의 사원 카드를 내밀었다. 근태를 부탁한다는 거였다. 최는 세호에게 자주 이야기했다.

"나는 돈을 벌 거야, 아주 많이."

세호는 이런 곳에서 일하며 무슨 헛소리를 하나 싶어 최를 올려다보았다.

"사람은 말이야. 사안을 어느 각도에서 보냐에 따라 각기 다른 상황에 부닥칠 수 있거든. 내가 아는 어떤 선배가 있는데 어릴 적 이민을 갔어. 한국에 와서 잠깐 지내는데 차 없이 다니는 게 너무 불편하더래. 그래서 없는 돈 있는 돈 끌어모아 중고차를 샀다더군. 그리고 그 차를 신나게 몰고 웃돈을 얹어 되팔고 떠나더라 이거야. 잠깐 온 유학생 마인드로 누가 그런 생각을 할 수 있겠어? 있는 기간 내내 그냥 불편하게 지내는 거지. 사안이란 게 그런 거야. 한없이 어렵게 보면 어려운 거고, 쉽게 보면 쉬워지는 거지……."

최는 세호와 한 달간 근무한 뒤, 사원 카드를 맡기고 평일 야간에는 나오지 않기 시작했다.

"솔직히 이런 곳을 누가 털려고 오겠어? 화재 예방 차원에서 한명 정도는 있어도 되겠지. 대신 주말에는 내가 서줄게."

최는 멀쩡히 출근해서 지문 인식으로 출근 카드를 등록한 뒤 세호에게 카드를 맡기고 이내 사라졌다. 최는 일주일에 세 번꼴로 근무했지만 월말이나, 공휴일, 연휴, 휴가 시즌이면 무척 바빠 보였다. 최는 여름이면 상가의 공실을 빌려 아이스크림을 대량으로 싸게 팔아 한철 장사를 했다. 겨울에는 대형 유통업체의 직원과 결탁해 몰래 **빼돌린** 물품들을 창고에 모아 놓고 싸게 팔았다. 세호는 최가 무엇에 저렇게 시간을 저당 잡혀 사는지 궁금했다. 한동안 출근이 뜸했던 최가 어느 날 세호에게 교대 근무를 제안했다. 더불어 가장 바쁜 주말 이틀은 자신이 통으로 근무를 서겠다고 했다. 세호는 굳이 그럴 필요를 느끼지 않았지만, 군말 없이 최의 부탁을 들어주었다.

"아저씨, 왜 이러세요?"

세호는 깜짝 놀라 붙들었던 팔을 놓았다. 세호는 벼르고 별러 그림자를 붙잡을 수 있었다. 그림자는 빛 가운데로 들어서더니 화가 단단히 난 듯 마스크를 벗고 거칠게 후드를 젖혔다. 응급센터에서 응급구조사로 일하는 정은이었다. 박정은. 여. 23세. 보건대학 응급의학과 1학년 휴학 중. 세호는 보안실에서도 정은을 몇 번 마주친 적이 있었다. 함께 온 최와 정은은 동료 이상의 사이로 보였다.

"여기가 아저씨 것인가요? 사람 도둑 취급하며 쫓아나 다니고……"

정은이 세호를 힐난했다. 생각해보니 세호는 경비원으로서의 책무를 다하기 위해 정은을 쫓은 것인지, 자신만이 있어야 할 이 시간, 이곳에 나타난 정은을 침입자로 여기고 뒤쫓은 것인지 헷갈렸다. 정은은 세호가 정확히 후자의 이유로 자신을 쫓은 것에 대해 분개하고 있었다. 결국 정은은 세호의 낮과 밤의 행태를 다 알고 있다는 거였다.

"집으로 돌아가고 싶지 않아요. 집에 가면 다시 시작해야 하니까요."

세호가 멀쩡한 집을 두고 왜 이런 고생을 사서 하냐고 묻자 정은이 대답했다.

"뭘, 뭘, 다시 시작해야 하는데?"

"화분에 물주는 일요. 엄마가 베란다 가득 화분을 들여놓으셨거든요. 아침저녁으로 빠짐없이 물주는 일을 시작해야 해요."

"고작 그 이유야?"

"시작해야 하는 게 그게 전부는 아니겠죠, 설마. 얼마나 아득한지 아세요?"

"힘든 건 알겠다만."

세호는 잠시 머쓱해져 오른손으로 뒤통수를 쓸어내리며 정은을 바라보았다. 샐쭉한 표정으로 붉어진 얼굴, 찡그림을 감추지 못한, 채 자라지 못한 티가 나는 얼굴. 다 큰 어른의 얼굴이 아닌 아이의 얼굴을.

정은은 잡토피아 어디에서건 묵을 수 있었다. 이곳은 의외로 숨을 곳이 많았다. 클라이밍 암벽 중간의 작은 틈새라든가 부스와 부스 사이 앞뒤로 막힌 틈새, 비행기의 2층으로 향하는 계단 난간 뒤편 공간 등이 그랬다. 직원들은 그런 곳에서 가끔 숨을 돌리기도 하고 잠을 자기도 했다. 정은은 세호의 거처도 알고 있었다. 심지어 그곳에서 몇 번 잠을 잔 적도 있다고 했다.

"열쇠는 어디서 났어?"

"저 여기 근무한 지 아저씨보다 훨씬 오래되었거든요. 부서 로테이션도 꽤 했고요."

정은은 재미있다는 듯 슬며시 미소 지었다. 둘의 사이가 도망자와 추적자의 관계에서 어느덧 공범으로 변해 있음을, 세호는 정은의 말투에서 느낄 수 있었다.

"내가 언제 자러 올 줄 알고?"

"교대 시간 정해져 있잖아요. 여덟 시 이전에만 나가면 되었으니까."

"이렇게 지낸 지는 얼마나 됐니?"

"늦봄에 통장 잔고가 텅텅 비었으니 초여름부터?"

초여름. 지금은 9월 말이었다.

"추워지면 어쩌려고."

사람들이 모두 빠져나간 뒤, 히터를 틀지 않은 이곳은 예상외로 추웠다. 정은은 지금 누가 누구 걱정인지 모르겠다는 듯 입을 샐쭉하더니 물었다.

"그런데 어떻게 그곳에서 지낼 생각을 다 했어요? 그리고, 왜 다짜고짜 반말이에요?"

정은은 일주일에 두세 번은 야간에 근무하는 세호를 찾아왔다. 정은 자신도 평소 해보고 싶었던 역할이 있었던 모양으로, 세호와 함께 역할극에 참여하거나 세호를 도왔다. 정은은 어떤 직업이건 간에 미션을 완수하면 그에 맞는 칭찬을 꼭 덧붙였다. 그 직업을 통해 얻을 수 있는 순수한 감성의 산물들에 관한 것이었다. 이를테면 성우 미션을 완료하면 표현력과 순발력을 얻었다고 했고, 물 연구소에서 수소와 산소를 결합해 물을 만들어 내는 데 성공하면 분석력과 논리력, 집중력이 향상되었다는 식이었다. 처음 세호는 정은의 화법을 기이하게 생각했다. 그것은 슈퍼바이저들의 멘트와 같았다.

세호의 단조로운 일상에 정은은 꽤 활력을 주는 인물이었지만, 감정 기복이 심했다. 같은 경우에도 화를 내지 않거나, 화를 내기도 해서 세호를 당황하게 했다. 이 넓은 공간에 마주하는 이는 오직 정은 한 명이었기 때문에 잘 지내려고 노력하는 수밖에 없다고 세호는 생각했다.

정은은 세호가 바깥에서 봄 직한 여자아이들과 사뭇 달랐다. 화장도 거의 하지 않았고, 그 나이대의 아이들이 열광하는 전자기기 또한 가지고 있지 않았다. 스마트폰조차 없어 세호는 의아했다. 정은은 작은 알람시계를 가지고 다녔다. 손목시계에도 알람기능이 있는지 두 개를 맞춰 놓으면 늦잠 잘 염려가 없다고 했다. 대신 정은은 무구한 표정을 지녔다. 가끔 초점을 잃은 눈빛으로 먼 곳 한 점에 시선을 두고 넋이 나가 있고는 했다. 세호는 정은이 자신과 비슷한 표정을 지니고 있다고 생각했다.

정은과 세호가 서로의 존재를 알게 된 이후, 밤이 되면 정은은 수면 과학실에 있는 고가의 침대에서 잠을 잤다. 수면 과학실은 매트리스를 판매하는 국내 유수 기업이 잡토피아 내에 만든 체험부스였다. 수면 과학실을 방문한 아이들은 슬리핑 테스터가 되어 수면이 인간의 삶의 질에 미치는 연구차트를 보고 관람객들을 매트리스에 직접 누워보게 한 후 고객 반응을 살펴 실험지를 완성했다.

한밤의 역할놀이 후 세호는 소방차로 정은을 수면 과학실에 내려주고는 했다. 전날 잠을 거의 자지 못한 정은이, 일찍 잠자리에 들었던 날이었다. 세호는 제과점에서 초콜릿과 딸기주스를 만들어 수면 과학실을 다시 찾았다. 세호는 조심스럽게 부스의 문을 열고 들어섰다. 정은의 고른 숨소리가 부스 안을 채우고 있었다. 세호가 정은의 머리맡에 가지고 간 것을 두고 나오려고 했을 때 정은이 세호의 소매를 붙잡았다. 세호는 주변의 사물이 암순응될 때까지 어둠 속에 멈추어 서 있었다.

"아저씨……."

정은이 세호를 부르며 그의 소매를 놓았다.

세호는 돌아서서 정은을 내려 보았다. 어둠에 적응된 세호의 두 눈에 다문 정은의 입술이 보였다.

천여 개의 특수 스프링이 내장된 침대는 조응력과 감응도가 뛰어났다. 둘의 몸이 90도의 각을 이루며 합일했을 때, 정은과 세호에게 가해지는 저항력은 완벽한 그 매트리스에 흡수되어 0에 가까웠다. 숙면의 효용은 심신에 이완감을 주고 축적된 피로를 풀어주는 데 있다. 그런 의미에서라면 둘은 그날 밤, 슈퍼바이저가 매겨주는 최고점을 받을 만했다.

세호는 동생 재호의 이름으로 평생 살아가야겠다고 생각해 본 적은 없었다. 재호의 죽음에 대한 애도의 감정이 희미해져 갈수록 죄책감이 세호를 괴롭혔다. 완벽한 슬픔에 사로잡힌 것이 아닌 이상 자신의 현재는 재호의 이름을 이용한 삶이라는 생각이 들었다.

"너, 쌍둥이더라?"

정은을 만나고 돌아온 휴일 다음 날 저녁, 세호보다 먼저 출근한 최가 빈정거리듯 말을 걸어왔다. 최는 한쪽 눈에 안대를 하고 있었다. 다친 것인지, 눈병에 걸렸기 때문인지 알 수 없었다. 세호는 최의 도발에도 아랑곳 않고 심상히 굴며 그날의 근무 일지를 작성해 나가기 시작했다.

"내가 재미있는 이야기 하나 해줄까? 쌍둥이는 보통 많이 닮았잖아. 내가 일전에 아는 형 부탁으로 알바를 한 적이 있었는데…… 시험 감독을 보조하는 아르바이트였지. 그날 내가 맡은 교실 감독관 형에게 제보가 왔어. 쌍둥이 중 형이 시험을 보는데 동생이 대신 시험장에 들어갔다는 거야. 감독관 형이 무전기를 들고 막 운동장으로 뛰어가. 나도 얼른 따라갔지. 그런데 운동장 계단참에 그 쌍둥이 형이 앉아 있었잖아. 웃긴 게 뭔지 알아?"

"세호야!"

최를 외면하며 근무일지를 작성하던 세호가 어깨를 움찔거렸다. 최가 세호의 이름을 부른 것에 자신도 모르게 놀라서였다. 최가 낄낄대며 세호에게 다가와 세호의 어깨를 감싸 안았다.

"형 이름을 불렀는데 앉아 있던 그 사람이 '네' 하고 대답을 하더라 이거야. 지금 시험장에 있어야 할 사람인데. 감독관이 누구누구 씨 맞냐고 물으니 맞다고 고개까지 끄덕끄덕. 게임 끝났지. 사람들이 그렇게 어설퍼요."

최가 자신의 인적사항을 어떻게 알아내었을지 세호는 짐작할 수 없었다. 다만 알 수 있는 것은 최가 자신에 대해 가지는 관심이 커졌다는 거였다. 최는 할 말이 더 있는 듯했지만, 농촌관광청 슈퍼바이저의 호출을 받고 보안실을 빠져나갔다.

오전 8시 10분, 잡토피아 내 556개의 전등이 모두 점등되었다.

이제 세호가 자러 갈 시간이었다. 세호는 오늘 외출 일정이 잡혀 있었다. 이발도 해야 했고, 요즘 소화가 잘 안되어 내과를 찾을 생각이었다. 인수인계를 마친 뒤 세호는 잡토피아의 출구로 나왔다. 입구에는 벌써 아이들과 부모들이 여럿 대기 중이었다. 편의점을 지나다가 그곳에서 세호는 출근하는 최를 보았다. 최가 손을 들어 세호에게 인사했다.

"출근하는 거예요, 아님 퇴근이던가?"

세호가 빙그레 웃으며 말을 건네자 최가 멈춰서 세호를 뚫어지라 바라보았다. 감지 않은 머리, 핏발 선 눈매, 까칠하게 자란 턱수염 때문에 최는 어디가 아픈 것 같이 보이기도 화가 난 것 같아 보이기도 했다. 최는 잠시 무슨 말을 하려다 말고 세호를 등지고 걸어갔다. 세호는 눈으로 최를 좇았다. 잡토피아 출구 옆에 위치한 24시간 편의점 안에 정은이 서 있었다. 세호는 둘 사이에 흐르는 냉기를 느낄 수 있었다. 남자와 여자가 서로 대거리를 하지도 않고, 다른 방향을 보면서 심각한 분위기를 자아내는 것은 연인들에게나 가능한 일이었다. 세호는 둘을 더 살피고 싶었지만, 안면이 있는 직원들이 하나둘 출근하며 인사를 건네기 시작했다. 세호는 발길을 돌렸다. 세호는 이발하고 머리를 감으며 깜빡 잠에 빠졌다. 미용사가 세호를 흔들어 깨웠다. 내과에 가서 대기하며 소파에 앉은 채 꾸벅 졸았다. 간호사가 잠든 세호의 어깨를 흔들어 깨웠다. 패스트푸드점에서 햄버거를 먹고 은행으로 가 약간의 돈을 찾은 뒤, 세호는 근무 시작 시각보다 네 시간쯤 일찍 잡토피아에 들어섰다. 정은이 궁금해서였다.

비상계단을 통해 1층의 출입구문으로 들어섰을 때, 세호는 두 가지 사실에 놀랐다. 익숙하지 않은 소음과 희부연 연기가 잡토피아를 채우고 있었다. 가벼운 경음악이나 뉴에이지풍의 잔잔한 음악 일색이던 잡토피아에, 날카롭게 고음을 내지르는 남자가수의 노래가 흘러나오고 있었다. 담배연기인 듯 매캐한 냄새에 세호는 잡토피아를 훑어보았다. 냄새 때문에 공간이 낯설어 보이기는 처음이었다. 세호는 슬그머니 열었던 문을 조금 닫으며 틈새로 너머를 확인했다. 왁자한 소음은 주로 성인 남자의 것이었다.

제과점과 중형마트, 라면 공장 앞에 주르륵 위치한 작은 파라솔들 아래, 이곳과 전혀 어울릴 것 같지 않은 초록의 술병들이 테이블 위 곳곳에 놓여 있었다. 배달음식으로 보이는 안주도 즐비했다. 작은 아동용 테이블과 의자 위에 놓인 그것들은 어울리지 않아 기이한 느낌이 들었다. 한 무리의 사람들이 음악을 틀어 놓고 술을 마시고 담배를 태우며 자기들끼리 이곳저곳에 모여 이야기를 나누고 있었다. 세호가 잠이 들기 전 지하에서 들어왔던 목소리들의 주인들이었다. 꽤 흐트러진 모습들로 보아 한두 번 해 본 일들이 아닌 듯했다. 사람들은, 세호가 그랬던 것처럼 미니 소방차나 시승용 자동차에 올라타서 졸고 있거나, 라면 공장에서 앞치마를 대충 두른 채 라면을 만들고 있었다. 법정에서 판사 봉을 휘두르는 농촌

관광센터 슈퍼바이저의 모습도 보였다. 그는 세호의 방 앞에서 번 번이 다른 회사에 전화를 걸어 일자리를 물어보곤 했었다. 그는 법 복을 목에만 두른 채 텔레비전을 켜 놓고 횡설수설해댔다. 귀기어 린 것 같기도 한 불콰한 그 얼굴에 세호는 할 말을 잃었다. 걸치거 나 앉아 있거나 만지고 있는 모든 것들이 그들에게는 너무 작아 보 였다. 불가능한 가능성들을 타진해 보는 그들만의 의식치고는 너 무 추해보였다. 한쪽 파라솔 테이블에 길게 두 발을 올리고 의자에 비스듬히 앉아 이런 광경을 바라보는 최의 뒤통수가 보였다. 한바 탕의 주말이 지나고 잡토피아는 거짓말처럼 다시 꿈을 꿀 수 있는 공간으로 변한다는 것이 세호는 믿기지 않았다. 어딘가 정은도 있 을 거였다. 세호는 주위를 둘러보았지만 정은을 찾을 수 없었다.

세호는 지하로 내려가 자신의 방으로 향했다. 주위를 경계하며 철제문을 열고 재빨리 방안으로 들어섰다. 세호는 지금까지 한 번 도 궁금한 적 없던 정은의 가방을 열어 보았다. 가방 안에는 지갑 과 속옷, 화장품이 들어 있었다. 가방 안쪽 지퍼 주머니에서 무척 낡아 보이는 두툼한 파우치가 하나 나왔다. 세호는 파우치를 열었 다. 파우치 안에는 수백 장의 돈이 동그랗게 묶여 들어 있었다. 잡 토피아 공용화폐 골드였다. 여권도 들어 있었다. 잡토피아에 처음 입장하는 아이들을 위해 발행되는 잡토피아 전용 여권이었다. 세 호는 여권을 펼쳤다. 여권은 1996년 10월에 발권되었다. 여권에 는 정은의 사진이 붙어 있었고 수십 개의 출입도장이 찍혀 있었다.

여권의 사진은 정은이 맞았지만 이름은 '정은'이 아니었다. 정은은 잡토피아 오픈 초기부터 수년간 꾸준히 이곳을 출입한 듯 했다. 정은이 어린아이였을 때였다. 잡토피아의 어린이 의회의원이었던 듯, 의원 배지도 같이 들어 있었다. 파우치 안에는 K은행의 통장도 들어 있었다. 3일 전에 마지막으로 통장 정리를 했다. 세호는 자신의 눈을 의심했는데, 정은의 통장에 입금된 금액은 결코 적은 액수가 아니었기 때문이다.

세호는 한동안 정은에게는 서먹하게, 최에게는 냉담하게 대했다. 최는 세호에게 정도 이상으로 비아냥거리거나 무리한 요구를 해왔다. 세호는 상대하지 않았다. 그보다 더한 것들에 수없이 단련되어 온 세호에게 최의 앙갚음은 아무것도 아니었다. 그것보다 세호는 정은이 자신과 한 약속을 저버렸다는 느낌을 지울 수 없었다. 구체적인 약속이랄 것이 없었는데도. 세호는 잡토피아에 혼자 남아 있을 때도 더 이상 잡토피아를 예전 느낌으로 바라볼 수 없었다. 자신에게 잡토피아는 그저 그런 체험 파크로 전락했다는 생각이었다. 정신이 번쩍 드는 것 같으면서도 쓸쓸한 느낌을 지울 수 없었다.

여느 때처럼 야간 순찰을 마치고 CCTV 앞 회전의자에 앉아 쉬던 세호는 꿈을 꿨다. 세호는 꿈속에서 이제까지와는 다른 기분을 느꼈다. 덜 마른 옷을 그대로 걸치고 있는 것처럼 서늘한 느낌이었다. 꿈속에서 세호의 감은 두 눈 위로 한 줄 빛이 걸렸다. 눈을 뜨자 동생의 굽은 등판이 보였다.

"이제 그만 자지 않고?"

나오지 않을 것 같은 소리가 탄식과 함께 터져 나왔다.

동생의 오른쪽 어깨가 잠잠해지더니 동그란 등판 위로 뒤통수가 물음표처럼 떠올랐다. 동생은 직각으로 구부린 무릎을 양옆으로 벌렸다가 오므렸다. 묵직한 제도 샤프가 책 위에 꾸욱하고 떨어지는 소리가 나고, 동생은 무릎을 다시 벌렸다. 구부렸던 어깨를 폈다.

"응, 그래야지."

세호는 이명과도 같은 동생의 대답에 안도했다. 동생의 얼굴을 보고 싶어 세호는 재호의 이름을 불렀다.

"재호야, 재호야, 재호야…."

동생은 돌아앉은 채 움직이지 않았다. 세호는 원하지 않으나 오른쪽으로 돌아 눕혀졌다. 오른뺨이 금세 축축해졌다. 차가워진 기운이 세호의 현실감각을 불러왔다. 세호가 어둠 속에서 눈을 떴을 때, 세호를 바라보고 있던 이는 최였다. 세호는 식은땀을 닦으며 자세를 고쳐 앉았다. 최는 흥미롭다는 표정으로 세호에게 말했다.

"꿈속에서는……. 자기가 자기 이름을 부르기도 하나 봐?"

세호는 정은과 서먹해진 이후 제과점에 들어가 자주 초콜릿을 만들었다. 초콜릿을 만들며 맡게 되는 달콤한 냄새와 훈기에 세호는 안정감을 느꼈다. 세호는 몰드에 액상 초콜릿을 부어가며 그것이 고체화되는 것을 지켜보았다. 몰드 판들을 모두 꺼내어 여러 가지 모양의 초콜릿을 만들었다. 굳어진 것들은 이내 다시 가열해 같은 과정을 되풀이했다. 액상 초콜릿이 묻은 오른쪽 두 번째 손가락을 입으로 가져갔다. 세호는 앞니로 손가락에 묻은 초콜릿을 살짝 긁어냈다. 슈퍼바이저가 눈치를 챈 것인지 비치된 액상 초콜릿의 양이 평소보다 너무 적다고 느꼈던 어느 날, 정은이 세호의 그런 모습을 보고 있었다. 팔짱을 풀며 다가온 정은이 세호에게 물었다.

"체험 순서가 엉망이네요. 뒤죽박죽, 위생모도 쓰지 않았고요."

세호가 말없이 앞에 놓인 것들을 치우기 시작하자, 정은이 두 손바닥으로 세호가 앉아 있던 테이블을 꾹 눌렀다. 그리고 상체를 앞으로 숙이며 세호를 들여다보았다. 정은의 입매가 무한대 기호처럼 벌려졌다가 일그러졌다. 정은은 상체를 일으켜 울음을 참으며 끅끅거렸다. 테이블이 흔들렸다. 세호가 정은의 손을 잡았다.

"난 세호다, 정세호. 재호가 아니야……. 넌 이름이 뭐니?"

그때 비상 경보등이 울리기 시작했다. 단순화재가 아닌, 작정하고 누군가 불을 내기라도 한 듯 불길은 빠르고 거세게 번졌다. 1층으로 올라온 세호와 정은은 다급하게 보안실로 향했다. 불길은 2층에서 시작되어 계단을 타고 아래로 내려오고 있었다. 보안실로 들어와 119에 신고하려던 세호는 잠시 망설였다. 신고하면 드러날지도 모르는 사실들 때문이었다. 세호는 화재감응기를 수동으로 끄고 정은과 함께 소방서로 뛰었다. 둘은 늘 해왔던 대로 신속하게 화재 진압복으로 갈아입고 방화모를 둘러썼다. 패널 미끄럼틀을 타고 소방서 후문에 비치된 미니 소방차에 올라섰다. 소방차는 사이렌을 울리며 거리를 누볐다. 잡토피아 2층을 한 바퀴 돌아 경찰서 앞에 차를 세웠다. 지하 계단을 타고 올라와 경찰서에 옮겨 붙은 화염은 건너편의 응급실, 수술실, 신생아실로 이루어진 3층 병원을 집어 삼키려는 듯 날름거리고 있었다. 세호가 관창을 잡고 전면에 나서 살수했다.

"세호야! 세호야! 으히히히……."

거친 남성의 목소리가 들렸다. 그 소리에 뒤를 돌아 본 세호의 눈에 최와 정은이 들어왔다. 최가 낄낄대며 세호의 이름을 부르고 있었다. 최는 한손으로 정은의 입을 막은 채 그녀를 출구 쪽으로 끌어내기 시작했다. 얼굴이 온통 새빨갰다. 세호는 10미터 이내에 있는 최를 향해 규정 기압인 3기압이 아닌 15기압으로 살수했다. 최는 건물을 지탱하는 기둥에 몸을 받히며 쓰러졌고, 정은은 최의 팔짱을 뿌리치고 도망쳤다.

수동으로 잠가 둔 출입제한 장치가 강제로 풀렸는지 잡토피아에 보안 경보가 울렸다. 세호는 직감적으로 최의 일행들이 몰려오고 있음을 알았다. 세호와 정은은 지하로 향했다. 세호는 아주 오래된 깨달음을 새로 얻은 것 같은 기분이 들었다. 이제 떠날 시간이었다. 세호는 이런 날을 예상해 준비해 놓은 가방을 찾아 어깨에 걸쳤다. 정은이 발을 동동거렸다. 세호는 공포에 질린, 어린아이와도 같은 표정의 정은을 바라보았다. 그리고 정은에게 다가가 정은의 두 손을 잡았다. 정은의 커졌던 동공이 점차 작아지는 것이 보였다. 세호는 정은이 깊은숨을 한번 내쉴 때까지 기다렸다. 세호가 켜놓은 CCTV에서 지하로 향하는 철제문이 벌컥 열리는 것이 보였다. 세호는 리모컨을 들어 모니터의 전원을 껐다.

＊

골목길의 란다

*
*

가게로 들어선 란다는 판매가 끝난 유과 상자의 개수를 세어 보았다. 다섯 개씩 다섯 줄이었다. 빈 유과 상자 한 개가 완다의 발치에 놓여 있는 것이 보였다. 란다는 달려가 바닥에 놓여 있던 상자를 집어 판매된 상자 더미들 위에 올려 두었다. 여섯 줄째 들어서는 것이니 오늘 반찬으로 밀가루가 들어간 소시지와 어묵이나마 살 수 있을 터였다. 완다는 상자 개수를 눈으로 훑더니 앞치마에서 구깃하게 접힌 6천 원을 꺼내 란다에게 쥐어 주었다. 가게에서 나온 란다는 맞은편 반찬 가게에 들어가 소시지 야채 볶음 한 팩과 어묵 볶음 한 팩, 떨이로 놓인 파래 무침 한 팩을 샀다. 반찬가게 아주머니가 김밥 꽁지 몇 알을 란다의 입에 넣어 주었다. 불룩해진 양볼의 입을 우물거리며 가게를 나온 란다는, 반찬이 든 봉지를 스쿠터의 우측 핸들에 걸고 안장에 걸터앉았다. 이 시기만 되면, 비염이 있는 란다의 코와 목은 예민해졌다. 겨울의 문턱으로 접어드는 환절기였다.

골목길을 달려 집으로 돌아온 란다는 부엌으로 가서 포장해 온 반찬들을 플라스틱 잔반 통에 흘려 넣으며, 손가락으로 몇 개씩 집어 입안 가득 쑤셔 넣었다. 부엌 입구에서 묵직한 발걸음 소리가 들리고 리놀륨 장판 바닥이 꺼지는 느낌이 들더니, 누군가 란다의 뒤통수를 손바닥으로 내리쳤다.

처먹지 말라고 했어, 안했어!

소다는 란다의 앞에 놓인 반찬 통 두 개의 뚜껑을 덮으며 말을 뱉었다.

자린고비 년, 이걸 누구 입에 부치라고.

완다를 욕하고 있는 소다를 피해 란다는 싱크대 옆에 바짝 붙어 섰다. 어깨를 옹송그리고 방금 맞은 뒤통수를 조심스레 쓰다듬었다.

손대지 마, 내가 다 기억해 놨어!

소다가 돌아서 나가자 란다는 한숨을 한번 쉬더니 입안 가득 쑤셔 넣은 반찬들을 작은 접시에 뱉어냈다. 그리고 밥통에서 밥을 퍼, 선 채 숟가락질을 했다. 곧 있으면 야간 아르바이트를 하러 갈 시간이었다.

밥을 다 먹은 란다는 스쿠터를 끌고 대문을 나섰다. 집을 나와 나선형의 골목길을 뚫린 대로 따라 내려가면 큰 도로변이 나왔다. 대로를 사이에 두고 양쪽의 시가지는 판에 박은 듯 똑같은 모습을 하고 있었다. 건물들은 **빽빽**하게 들어차 있으며 한눈에 파악할 수 있었다. 그곳으로 진입하기 바로 전, 골목길 마지막 지점에 란다가 일하는 맥도날드가 있었다.

맥도날드에서는 잠시도 엉덩이를 붙이고 앉아 있을 수 없었다. 그럴 의자도 없었지만 매장에는 여러 대의 CCTV가 설치되어 있었고, 매니저가 그런 근무태만 비슷한 행태를 싫어했다. 검정색의 관리자급 정복 차림을 하고 머리카락 한 올 남김없이 망사 핀으로 묶어 올린 매니저는, 2층 매장의 불투명 부스에서 아르바이트생들을 지켜봤다.

면접 첫날 매니저는 란다에게 간식으로 먹을 수 있는 버거의 개수는 정해져 있다고 했다. 열두 가지 맛의 버거 중 아르바이트생들이 먹을 수 있는 버거는 치즈버거, 빅맥, 불고기버거, 맥치킨이었다. 다른 버거는 왜 안 되느냐고 란다는 물었다.

란다 씨, 나는 원래 버거 잘 안 먹는 사람이기도 했지만, 치즈버거랑 불고기버거, 빅맥 맛밖에 몰라요. 치킨은 안 먹고. 여기 매장에서 매니저 일한 지 벌써 5년 차거든. 내가 칼로리도 딱딱 외울 정도로 세 개 버거는 맛을 속속들이 안단 말이야. 세 개 버거만 맛을 알아요. 세 개 버거만. 내가 맛을 보면 말이지, 이것을 언제 만들었는지까지 계산에 나와요, 내가, 좀 그래요.

그냥 궁금해서……, 라고 란다가 작게 중얼거렸다.

그런데 불고기버거는 있잖아요. 처음에 먹으면 맛있는데 좀 지나면 물려요. 치즈버거가 오래 먹기엔 가장 좋지.

매니저가 씨익 웃으며 말을 덧붙였다.

처음 란다는 매니저의 어법을 이해하지 못해 애를 먹었다. 란다가 지각하면 매니저는 어제 좋은 꿈을 꿨냐고 물었다. 스쿠터를 타다 무릎을 다쳐 근무 중 평소보다 더욱 많이 주저앉은 날은, 요새 참 얼굴이 좋아졌다고 했다. 무엇이든 좋게 보아 주는 것 같아 란다는 그 말을 그대로 믿었지만 찜찜해서 어정쩡한 표정을 짓고는 했다. 하지만 이곳 매장을 그만둔 알바가 자신의 근무시간에서 세 시간이 모자란다는 이유로 퇴직금을 받지 못한 채 나갔다는 이야기를 듣고, 매니저의 말을 곧이곧대로 들으면 안 된다는 것을 알게 되었다.

비슷한 나이대라도 같은 근무 번 현주 언니는 매니저와 달랐다. 현주 언니는 초등학교를 다니는 쌍둥이 남매를 둔 주부였다. 현주 언니는 맥도날드 버거에서 두 정거장 떨어진 별빛 마을에 살고 있었다. 거기도 지대가 높고 골목길이 많았다. 현주 언니는 근면하지만 융통성이 없어 답답할 때가 있었다. 말을 해도 한 번에 알아듣지 못하는 때가 잦았는데, 본인 말로는 가는 귀가 조금 먹었다고 했다. 세트 손님이 변심해 메뉴를 단품으로 쪼개 이것저것 주문하면, 계산은 포스가 하는데도 갑자기 허둥거렸다.

유니폼을 갈아입을 때 란다는 현주 언니가 흑채를 바르는 것을 보았다. 현주 언니가 그것으로 머리 중앙을 통통 두드리는 것을 란다가 주시하자, 언니가 흑채라고 일러 주었다. 출산 후 영 머리가 나질 않는다고. 쌍둥이라 그런지 키울 때 힘이 곱절은 더 들었다고. 그래서 머리 나는 속도도 남들보다 두 배는 더 걸리는 모양이라고. 현주 언니의 남편은 화물차 기사라고 했다. 한 달 중 절반은 지방에 가 있었고, 집으로 돌아오는 기간도 불규칙했다. 초등학교 3학년인 쌍둥이 남매를 잠자리에 누인 뒤 현주 언니는 맥도날드로 출근했고, 아이들이 깨기 전에 집으로 들어가 아침을 준비했다.

돈 모아서 뭐하게요, 란다가 물었다. 월급은 아이들 사교육비에 모두 들어간다고 했다. 현주 언니가 바라는 것은 퇴직금이었다. 1년 바짝 모아 퇴직금으로 남매들 데리고 오키나와 한번 가보는 게 소원이라고 했다.

오키나와.

란다가 작게 중얼거렸다. 란다는 현주 언니의 월급을 떠올리며, 그것을 기준으로 나오게 되는 퇴직금을 계산해 보았다. 그 돈으로 셋이서 오키나와를 갈 수 있을까. 란다는 알 수 없었다.

일을 마친 란다는 큰길 도롯가 쪽으로 스쿠터를 몰았다. 란다가 십여 분쯤 달려 도착한 곳은 화원이었다. 화원은 도심의 초입에서 조금 더 들어간 곳에 있었다. 술집과 유흥가가 밀집해 있는 곳이었다. 화원의 조명용 후렉스 간판 위에는 '꽃처럼'이라는 굴림체 글자가 새겨져 있고, 영어로 옆에 'like a flower'라는 플라스틱 글자가 붙어 있었다. 그리고 간판의 오른쪽 귀퉁이에 '오시다'라는 글자가 프린팅 된 원형도형이 입체적으로 붙어 있었다.

꽃처럼 오시다, 오시다, 오시다……

란다는 중얼거리며 전체적으로 조악해 보이는 화원의 간판을 한동안 올려 보았다. 베이지 색감의 에이프런을 두른 긴 머리의 여자가 가게 안쪽에서 나오더니 꽃다발을 만들기 시작했다. 여자가 보이자 란다는 전봇대 옆에 스쿠터를 세워놓고 여자를 관찰했다. 여자는 그날도 안대를 했다. 눈에 고질적 문제가 있는지 여자는 안대를 하는 날이 잦았다. 여자가 안개꽃과 수국을 이용해 꽃다발을 만드는 것을 지켜본 뒤 란다는 스쿠터를 돌렸다. 화원 옆의 공원을 한 바퀴 돌았다. 공원 후문 수풀 사이 구석진 곳에서 희미한 고양이 울음소리가 들렸다. 란다는 스쿠터에서 내려 주머니에 넣어두었던 봉지를 꺼내 들고 사잇길로 들어갔다. 고등어 무늬를 가진 고양이 한 마리가 란다의 종아리 사이를 훑고 지나갔다. 뒤이어 코밑 부분이 하얗고 나머지 몸통은 온통 까만 고양이가 란다 앞으로 다가왔다.

깜지.

란다의 음성을 들은 고양이는 두 발을 앞으로 쭈욱 뻗고 느긋하게 배를 깔며 자리에 엎드렸다. 란다가 한쪽 무릎을 꿇고 고양이를 내려다보았다.

조금만 더 견디면…….

란다는 뒷말을 아꼈다. 봄이라는 말을, 더 나은 곳에서 누군가와 지내게 될 수도 있다는 말을. 깜지가 란다의 발치에 다가와 그릉그릉 하는 소리를 냈다. 란다는 일어서서 한 발짝 물러섰다. 가지게 되면 지키지 못하고 지키지 못하면 잃게 된다. 잃는 것은 가지지 못하는 것보다 힘들었다. 깜지의 작게 갸르릉 거리는 소리를 란다는 한 발 떨어져 보고 듣기만 했다. 란다는 봉지에서 사료와 종이컵, 페트병을 꺼내 각각의 컵에 물과 사료를 넣어 두고 스쿠터에 올랐다.

도시의 정중앙에는 결코 꺼질 것 같지 않은 불빛들이 모여 있었고, 그 주변으로 작은 길들이 높게, 혹은 낮게 깔려 있었다. 길들은 큰 도로나 건물에 가려 여간하면 보이지 않았고 밤이면 어둠에 묻혀 있다가, 어느 날 불도저에 밀리고 깎이고 닦이었다.

란다가 다시 찾아 온 골목길은 한 군데도 변하지 않았다. 골목길은 십여 년 전 모습 그대로였다. 골목길은 이제 변하지 않는다고 했다. 이곳은 집을 재정비하거나 수리할 수 있을 뿐, 한옥들을 보존하기 위해 허물거나 없애지 못한다고 했다. 이곳에서 나고 자란 란다는 어릴 적에는 골목길이 무서웠다. 하지만 란다는 이제 어른이었다. 변하지 않은 골목길에서 길과 집은 빤했고, 들고 나는 사람이나 동물도 마찬가지였다. 스물다섯 개의 골목길은 서로 통했지만 다섯 군데는 막다른 곳이었다. 세 곳은 막다르게 보이지만 그렇지 않았다. 개구멍이나 비밀 통로가 있었다. 그 골목길에서 사람이 살지 않는 가옥은 다섯 집이었다. 거의 모든 집은 층이 낮아 대문을 넘기 쉬웠고, 다닥다닥 붙어 있어 계단이나 담을 통해 이웃한 집으로 쉽게 넘어갈 수 있었다. 낡은 대문 아래 쪽 안으로 손을 넣어 보면, 다섯 집 중 한 집은 문을 열수 있는 버튼이 그 옛날처럼 달려 있었다. 란다는 십수 년 만에 다시 찾은 이 골목에서 잊고 있었던 어떤 것들이 만져질 듯 느껴졌다. 그동안 자신은 잘못 전달되어 있던 택배상자처럼 어두컴컴한 곳에 처박혀 있다가, 아주 오랜 시간에 걸쳐 제 주소에 맞게 도착했다는 생각이 들었다.

엄마가 간암으로 죽고 할머니의 치매 발병 후 네 자매가 헤어지게 되었을 때, 맏이였던 완다는 절대 이름을 바꾸지 말라고 어른들에게 말했다.

완다는 치매에 걸린 할머니와 함께 골목길에 남았다. 할머니가 죽고, 완다의 말대로 셋은 이름을 바꾸지 않아 쉽게 다시 만날 수 있었다. 셋째인 시다만 행적이 묘연했다.

란다는 십수 년 만에 다시 만난 둘째 언니 소다를 거의 알아보지 못했었다. 소다는 전봇대 옆에 갈색 트렁크를 세워놓고 야구 모자를 벗어 들어 부채질을 하고 있었다. 소다는 체중이 80킬로그램은 족히 될 듯 보였고, 안경을 쓴 작은 눈에 가운데 가르마가 훤히 드러나 보일 정도로 머리숱이 없었다. 그 골목길에 짐 가방을 들고 온 사람은 란다밖에 없었으므로 소다가 먼저 알은체를 했다. 가까이에서 본 소다는 핏줄이 비칠 정도로 얼굴이 하얗게 질려 있고 얇았던 입술은 한층 더 얇아진 듯 했다. 소다가 입고 있는 연분홍 반팔 티셔츠에서 땀에 전 쉰내가 났다.

왜 이렇게 안와, 왜 이렇게. 사람을 이렇게나 기다리게 하고.

소다는 란다의 석연치 않은 눈빛 때문인지 기분이 썩 좋아 보이지 않았다. 그 뒤로 소다는 여러 차례 첫 만남을 언급하며 란다를 때렸다.

너, 너, 나 그랬지, 처음 봤을 때. 아주 눈빛이 가관이더라?

소다의 무게가 실린 펀치는 아팠지만 못 맞을 정도는 아니었고, 나중에는 아픈 부위를 살짝살짝 피해가며 맞을 요령도 생겼다. 소다는 란다가 웃지도 울지도 않는다고 란다를 때렸다. 무표정하다는 거였다. 잃어버린 것과 가져보지 못한 것 중 하나를 택하라고 한다면 란다는 단연 전자라고 말할 아이였다. 일곱 살에 혼자가 되어 골목길로 다시 돌아온 란다는, 잃어버린 것들로 인해 울지 않는 아이의 표정에 어느덧 익숙해져 있었다.

란다가 발끝을 내려다보고, 소다가 끝없는 부채질을 하고 있을 때, 멀리 오르막길에서 따르릉 소리가 났다. 큰언니 완다였다. 완다는 자전거를 타고 자매를 향해 달려왔다. 란다는 저 멀리서 입을 벌리고 소리를 지르며 내려오는 이가 완다라는 것을 한눈에 알아차렸다. 완다는 술에 취해 있을 때가 많았다. 란다는 소다에게 자주 맞았지만 술이 취한 완다는 그런 사정은 아무래도 상관없다는 듯 보였다. 란다는 소다가 때릴라치면 밖으로 나와 골목길을 달렸다. 소다는 씩씩대며 쫓아 왔지만, 골목길을 내처 달리는 란다를 잡을 수 없었다.

한날 밤, 란다는 자다 깨어 쪽창을 통해 들어오는 달빛으로 완다의 뒷모습을 보고 있었다. 완다는 시장에서 입는 작업복을 벗고, 브래지어의 후크를 풀어 바닥에 내려 놓더니 풍덩한 원피스를 머리부터 훌훌 내려 입었다. 옷을 갈아 입은 완다는 비틀거리며 베개 두 개를 포개 밟고 천장을 향해 손을 뻗었다. 천장 도배지가 합판과 함께 떨어져 벌어진 틈새로 앞치마에서 꺼낸 돈을 쑥 집어넣었다. 완다는 은행을 믿지 못했다. 사람도 믿지 못했지만 같이 잠을 자는 란다는 믿었다. 란다는 완다가 그곳에 돈을 넣지 않았으면 좋겠다고 생각했다. 완다가 돈을 넣을 때마다 점점 불룩하게 밑으로 쳐지는 그것은, 공사부실로 천장이 무너져 내려 아이들이 깔려 죽었던 란다의 어릴 적 고아원을 떠올리게 했다. 무너진 고아원에서 란다는 다른 곳으로 옮겨졌고, 잠깐 입양된 적이 있었다. 고아원에는 처음

110

이자 마지막으로 마음을 열었던 친구들이 있었지만 그 아이들하고 헤어져, 안 가느니만 못한 입양을 가게 되었다. 란다는 완다의 뒷모습을 보며 그때를 자꾸 떠올렸다. 술에 취한 완다는 란다를 끌어안고 잠을 청했다. 더운 숨내와 술내가 란다에게 훅 끼쳤다.

쉬는 날이면 란다는 골목길을 자주 걸었다. 대문 밖을 나서기만 하면 어딜 가나 하늘이 보였다. 집마다 낡은 수도관이나 계량기 같은 것들이 배죽배죽 바깥으로 드러나 있고, 담 안에서 자란 대추나무나 무화과 나무가 골목길을 향해 길게 가지를 드리우고 있었다. 담쟁이 넝쿨이 담벼락을 가득 메운 집도 있었다. 란다는 스쿠터를 타고 지나가며 손가락으로 가지들을 튕기고는 했다. 가끔 낮은 옥상에 널어 두었던 빨랫감들이 바람에 날려 바닥에 떨어져 있거나 발소리가 들려 고개를 돌리면 대문 위로 낮은 계단을 오르는 사람들의 발과 발목이 보였다. 한 번의 시선으로 모든 것이 파악되지 않으면서도 낮고 작은 집들은 안정감을 주었다. 란다는 자신의 무게를 다르게 견디는 바닥 돌들이 내는 소리를 들으며, 골목길 이곳저곳을 한참 걸었다. 이제는 눈을 감고 걸어도 어디가 어딘지 알 수 있을 것 같았다. 오래되어 일부가 부서져 내린 담벼락들과, 바람의 방향에 따라 달라지는 하수구 냄새, 비가 오면 질퍽한 진탕이 곳곳에 숨겨진 이곳들에, 누군가는 분명 얼굴을 찌푸리겠지만 란다는 그렇지 않았다. 란다는 동네의 가장 꼭대기에 있는 작은 공원에 올랐다. 길의 둘레에 녹슬고 오래된 철책이 둘러쳐져 있는 그곳의 낡은 운동기구에 올라서면, 도심의 야경이 한눈에 내려다보였다. 도심은 분지처럼 내려앉아 인공의 빛을 한껏 발하고 있었다. 란다는 두 손으로 무언가를 뭉쳐 도심을 향해 힘껏 던지는 시늉을 했다. 저 크고 환한 거대한 동그라미 빛에 자신이 던진 어떤 것이 '파박'하고 내려앉는 느낌이 들었다.

소다의 방으로 들어서면, 방문 바로 앞에 거대한 책상이 버티고 있었다. 책상 위에는 대형 컴퓨터가 있었고, 소다는 하루 종일 그 앞에 앉아 먹고 자고 했다. 완다가 외출하고 돌아오면 소다의 방에서는 말소리가 들렸다. 히익 꺽, 히익 꺽 숨을 들이마시는 듯한 소다 특유의 웃음소리가 그치지 않았다. 치킨을 세 마리 배달 시킨 날이 있었는데, 소다는 그것을 들고 방안으로 들어가더니 앉은 자리에서 모두 먹어치웠다. 닭고기의 세세한 부위를 설명하는 내용, 게임 이야기, 미드 이야기 등을 해가며 소다는 컴퓨터 속 누군가와 이야기를 나누고 있었다.

다시 만난 자리에서 완다가 소다에게 '너는 뭐하니' 하고 물었을 때, 자신은 가출 청소년 카운슬링이나 유기견 협회 소속 대책위원 등 사회에 봉사하는 일을 하고 있다고 했다. 두루뭉술한 그 말은, 란다 귀에는 결국 어느 것 하나 제대로 하고 있는 것이 없다는 말처럼 들렸다.

란다는 평범을 가장했다. 솔직한 불우함보다 눈에 띄지 않는 평범함이 신상에 이롭다는 것을 빨리 깨우쳤다. 사람들은 겉으로는 동정하는 것 같지만 속으로는 부담스럽고 불편해 했다. 아무리 착한 사람이라도 결국 마찬가지였다. 불우함을 들키지 않기 위해서 란다는 말수를 줄였다. 표정을 지우면 자연스레 말수가 줄었고, 버릇과 기호를 감추면 다른 사람들의 관심을 덜 받을 수 있었다. 여러 아르바이트를 하면서 자신의 입으로 부모가 없다는 이야기를 해 본 적이 없었다. 이를 위해서는 몇 가지 것들이 필요했다. 깨끗한 입성과 생기 있는 체취 그리고 디자인이 곧 브랜드인 인지도 있는 운동화도 한 켤레쯤은 있어야 했다. 가장 중요한 것은 핸드폰이었다. 핸드폰이 없으면 사람들은 이상하게 생각했다. 란다는 핸드폰은 잃어버렸고 약정이 끝나기만을 기다리고 있다고 했다. '저런 안됐다' 사람들은 순순히 공감해주었다. 완다의 핸드폰 번호를 비상 연락처에 기재해 두었다. 란다는 거리를 오가며 평범해 보이는 사람들을 바라보았다. 란다도 그들 속에 무심히 속했던 때가 있었다. 고아원에서 열 살이 되던 해 어느 가정에 입양이 되었다. 평범한 이름도 가졌다. 오랜 불임으로 입양을 선택했던 부부는 란다를 입양한 첫 해 아이를 가졌다. 두 해를 더 같이 살다가 란다는 파양되었다. 그 두 해도 란다가 지내기 녹록하지 않았다. 란다는 날이 갈수록 부부의 눈치를 봤고, 남의 이목을 피하기 위해 부부는 이사도 했다. 파양 이후 란다는 원래의 성과 이름을 되찾았고, 고아원으로 보내졌다.

도심에서는 서로가 서로의 거울이 되었다. 진짜 거울도 많았다. 빌딩의 창, 지하철의 스크린 도어, 곳곳의 화장실에서조차 사람들은 끊임없이 서로를 의식했다. 란다는 그런 것에 진력이 났다. 가지지 못하는 것을 원해서가 아니었다. 란다는 잃어버린 것들에 대한 그리움이 강했다. 그리움은 란다를 자라지 못하게 했다.

겨울에서 봄으로, 여름에서 가을로 넘어가는 환절기가 오면 완다는 밤에도 술을 사와 란다의 머리맡에 앉아 술을 마셨다. 완다는 자신만의 우기를 가지고 있었다. 이를테면 환절기가 완다의 우기였다. 낡은 집에는 어울리지 않는 커다란 트렁크가 있었다. 술을 마신 완다는 트렁크를 열어 새 옷가지와 물품들을 펴서 한참을 바라보다 곱게 개켜 다시 넣어 놓고는 했다. 옷들은 봄에 입을 수도 가을에 입을 수도 있는 두께의 것들이었다. 란다는 언니가 떠날지도 모른다는 생각을 했다. 완다는 한 번도 골목길을 떠나 살아 본 적이 없었다. 동생들이 고아원에 가게 되었을 때, 완다는 옆 동네 목사 부부의 보살핌 아래에서 치매에 걸린 할머니를 돌보며 집에서 지냈다. 완다는 엄마와 친하게 지냈던 동네 아줌마로부터 시장일을 배웠다. 그렇게 지내서인지 몰라도 완다는 꽂아 두고 오래 들춰 보지 않은 책 속 책갈피처럼, 예나 지금이나 변함이 없었다. 좁은 골목길에서 고무줄 놀이나 공기 놀이를 하고, 오줌을 눌 때 몰래 망을 봐주고, 큰 길가로 동생들을 데리고 나갔다가 놀라 돌아와 엄마한테 혼이 나곤 했던 그때와 별반 다르지 않았다.

아르바이트생들은 업무를 인계하고 남는 시간에 다음 아르바이트생들을 위해 햄버거를 감싸는 카라를 접었다. 매장별로 다르지만 보통 한 교대에는 백 개 카라가 한 세트인, 트레이 열 개 정도가 필요했다. 포개 놓지 않은 카라들이 균일하게 쌓여갔다. 하얀 고리들의 원형 탑은 매장 내 인테리어 소품 같았다. 맥도날드 버거에서는 배달도 했다. 만원 이상 주문하면 음식을 받아 볼 수 있었다. 란다는 전동기 면허증이 있어 라이더 스케줄이 펑크 나거나 바쁠 때, 포스 업무 대신 배달 업무를 했다. '꽃처럼' 화원은 란다가 주로 도맡아 배달을 다녔다. 맥도날드에서 그리 멀지 않은 거리의 화원이었다. 화원 여자는 버거 중 치즈버거만 먹었다. 치즈버거와 콘 샐러드, 환타가 즐겨먹는 메뉴였다. 란다는 애플 파이를 한 봉지 더 챙겼다. 스쿠터를 몰고 화원으로 향했다. 출발한 지 몇 분 되지 않았는데 귀와 볼이 얼얼했다. 화원으로 들어섰다. 여자의 뒤에서 한 쌍의 트로피처럼 팔짱을 끼고 서 있곤 하던 젊은 남자와 중년여자는 보이지 않았다. 란다가 화원으로 들어서자 차임벨이 울렸다. 꽃꽂이를 하는 여자는 뒤를 돌아보지 않았다.

애플파이가 서비스입니다.

란다는 조심스럽게 파이가 든 봉지를 여자에게 내밀며 말했다. 여자는 돌아보지 않았다. 란다의 입안에 침이 고였다. 란다는 고인 침을 삼켰다. 란다는 자신의 침 넘기는 소리가 너무 크다고 생각했다.

시다……. 오시다 언니?

여자는 여전히 돌아보지 않았다. 커튼 안쪽에 있었던 것인지 어느새 나타난 다부진 체격의 중년여자가 란다의 손에서 봉투를 낚아챘다.

그런 건 앞으로도 나한테 말해요.

여자는 낚아챈 봉투를 테이블에 내려놓고 신용카드를 들이밀었다.

자, 결제.

카드결제를 마치고 쫓기듯 가게 밖을 나온 란다는 멀리서 여자를 지켜보았다. 여자는 꽃다발 만드는 일에 여전히 열중하고 있었다. 여자를 지켜보다 손목시계를 보았다. 출발한 지 15분이 넘어가고 있었다. 배달은 17분 30초를 넘기면 안되었다. 란다가 스쿠터를 맥도날드 쪽으로 돌렸다. 허리가 절로 화원 쪽으로 돌아갔다.

시다 언니는 엄마를 닮았다고 했다. 꼭 빼닮았다고 했다. 란다는 엄마의 사진을 본 적이 있다. 완다가 갖고 있는 사진첩에서였다. 엄마는 팔다리가 길고 얼굴도 살짝 길었다. 살성이 고와 보였고 눈매가 크고 시원스러웠다. 완다의 이름은 아빠가 지어 주었다고 했다. 소다의 이름은 엄마가 지었다. 소다는, 완다와 시다 사이에서 자신의 이름이야말로 이국적이면서도 평이한 편에 속한다고 이야기했다. 마지막으로 태어난 아기의 이름은 선택의 폭이 넓지 않았다. 첫 번째 단추가 잘못 꿰어져 엉망이 되어버린 아이의 옷차림처럼, 되돌릴 수 있는 것이 많지 않은 앞으로의 삶을 대변이라도 하듯, 란다는 란다가 되었다.

　어느 날, 형사 둘이 찾아왔다. 형사는 수갑을 들고 있었다. 미란다 원칙 같은 것을 이야기 했는데 그 말은 익숙하면서도 거짓인 것도 같아 란다는 아무 말도 할 수 없었다. 소다는 법을 어겼다고 했다. 특정인의 SNS에 게재된 개인 사진을 허락 없이 사용하고 자신이 본인인 양 사칭했으며, 유기견 협회나 장애인 단체의 기부금을 가로채고 온라인 중고물품을 사고 파는 카페 같은 곳에서도 수십 건의 거래 사기를 쳤다고 했다. 소다는 형사를 보더니 사색이 되어 무릎을 꿇고 엉거주춤한 자세를 취했다. 물 한잔을 청한 형사는 란다의 뒤통수에 대고 골목에서 한참을 헤맨 뒤 묻고 물어 이곳을 찾아왔다고 소리쳤다. 란다는 골목길의 여러 얼굴을 떠올렸다. 길 초입의 희희낙락(喜喜樂樂) 커피숍 주인 아가씨. 이삭 제과점 임씨 아줌마, 란다의 집 길모퉁이 양지바른 곳에 늘 나와 있는 동네 할머니들, 소아마비로 왼쪽 다리를 조금 저는 세탁소 김씨 아저씨. 그들이 오씨 자매를 모를 리 없었다. 그들이 가르쳐주지 않았다면 이 미로 같은 곳에서 형사들은 영영 길을 잃었을지도 몰랐다.

란다야, 란다야. 완다 언니한테 이야기 좀 잘해줘. 나 감옥 같은 데서 오래 못 살아. 거기 무서워.

소다는 바들바들 떨리는 손으로 란다의 손을 잡았다. 난생처음 잡아보는 것 같은 소다의 손은 크고 축축했다. 희고 통통하며 손톱이 긴 소다의 손이 돼지의 그것과 비슷하다는 생각이 들었다. 란다는 웃어야 할지 울어야 할지 알 수 없었다. 늘 두 눈을 부릅뜨고 자신을 향해 주먹을 휘두르던 소다의 모습과 너무 달라서였다.

언니 들어갔다 나오면 다 이야기해라, 나한테.

뭐라고?

소다가 급속도로 떼꾼해진 눈빛으로 란다에게 되물었다.

언니야 너 왜 이렇게 됐는지, 이야기 다 하라고. 다.

형사는 물 한잔을 들이켜고 소다를 데리고 나갔다. 란다는 대문 앞까지 둘을 따라갔다. 소다는 형사에게 끌려가며 골목길의 끝에 다다를 때까지 란다를 돌아보았다. 소다가 사라지고 란다는 집으로 들어왔다. 란다가 오른손을 살짝 들었다. 그제서야 소다는 앞을 보고 걸어갔다. 란다가 한숨을 한 번 내쉬고 마루에 앉자, 형사가 놓고 간 명함이 팔랑이며 마루에서 땅바닥으로 떨어졌다.

그날 저녁도 란다는 완다에게 반찬 값을 받아 반찬을 사서 저녁을 먹은 뒤 맥도날드 버거로 향했다. 완다에게는 아무 말도 하지 않았다. 일요일이 되기 전 완다가 소다를 찾으면 이야기할 생각이었다. 맥도날드에 도착해 스쿠터의 자물쇠를 채우며 매장 안을 흘깃 들여다보니 작업모를 쓰지 않은 현주 언니가 분주히 움직이는 모습이 보였다. 란다는 매장 문을 열고 들어와 늘 그렇듯 포스 옆에 걸린 주간일지에 사인을 하며 언니를 불렀다.

현주 언니…….

이 기지배야, 너는 그렇게 부르지도 말어. 너는 알았지? 내가 이렇게 될 거 알고 있었지? 현주 언니의 치뜬 눈가가 발갰다. 언니는 버거 케이스를 열어 진열되어 있는 버거들을 닥치는 대로 앞치마에 쑤셔 넣었다.

언니, CCTV…….

내가 다 껐어. 매니저 퇴근하길래 내가 들어가서 다 꺼버렸지.

라이더는?

걔들 다 지금 배달 갔어. 17분 30초는 커녕 40분 안으로 돌아오면 용하다 할 곳으로 보내버렸어. 다른 애들은 너 올 줄 알고 지금 열심히 2층 청소 중이야. 한 시간은 걸리겠지. 나 억울해서 이렇게는 못가. 내가 왜? 잠 안 온다는 남매 쌍둥이 억지로 잠자리에 들이밀며 봄 여름 가을 겨울 이 짓을 왜 했는데? 아이들 아프다고 해도 내가 막, 막……!

현주 언니는 잠시 말을 멈췄다. 밤이면 제한적 난방을 하는 탓에 추운 매장 안에서 코에 감각이 없는지 맑은 콧물이 비어져 나오고 있었다. 언니는 티슈를 거칠게 빼내어 코를 풀었다. 란다는 매니저로부터 들은 현주 언니에 대한 고객 불만 사항을 떠올렸다. 취객들은 지하철이 다닐 때까지 아이스크림 하나로 해장해가며 새벽 내내 매장에서 버텼다. 아르바이트생들은 매장 청소를 이유로 취객들을 내보내야 했는데, 현주 언니는 그런 상황에서 시비가 붙곤 했다. 현주 언니는 미리 주눅이 들어 있거나, 취객보다 먼저 흥분해 화를 내었다. 그것은 단순한 핑곗거리일지도 몰랐다. 현주 언니는 주간 근무가 불가능했다. 한 달 후면 언니의 퇴직금 달이었다.

버거 가게에서 버거만 잘 팔면 됐지, 시급 8천 원 받아가면서 자존심까지 다 팔아야 하나? 란다야, 나는 자리에 누우면 내가 판 버거 개수를 막 셈해봐. 나도 모르게 그런 버릇이 생긴 거야. 밤마다 최소 오십 개씩은 팔아치웠더라. 한 달에 한 번씩 결산도 해봐. 내가 이만큼이나 팔았구나. 내 버거 먹은 낙양동 사람이 이렇게나 많네, 하면서. 왜? 이렇게 구구절절한 내가 구질구질해 보이니? 너도 내 처지 돼 봐라. 빅맥 세트 한 개 값도 안 되는 시급 받아가면서 지문이 닳도록 열심히 팔고 닦고 치우고. 알바 잘려서 이러는 거 아니야. 매니저가 내가 못 그만둔다고 하니까 그러더라. 알바 자리 쎄고 쎘다고. 이깟 알바 갖고 그러는 게 웃기대. 한 달 하고 그만두는 알바생들 근성이 어떻고 저떻고 욕한 게 누군데. 내가 껌이니? 단물 빠지면 뱉어내게? 사람들이 정말 이러는 거 아니지…….

현주 언니의 두 눈이 쉴 새 없이 깜빡였다. 불안하고 긴장할 때 나타나는 언니의 버릇이었다. 현주 언니는 쌍둥이 중 남자애가 자신의 버릇을 그대로 가지고 갔다며 한탄하기도 했다. 작업모를 벗어딘지 언니의 얼굴이 더욱 초췌해 보였다. 급하게 불려 나오느라 흑채 쓰는 것을 잊은 것인지 가운데 가르마가 유달리 휑뎅그렁해 보였다. 란다는 지금이라도 흑채를 가지고 나올까. 작업모를 다시 쓰라고 말할까 망설였다.

야, 너도 병신같이 열심히 하지 마. 그냥 대충대충 하고 슬렁슬렁해. 어딜 가든 그렇게 해. 어딜 가든.

현주 언니는 카운터 아래에서 쇼핑백을 꺼내 남은 버거를 마저 쑤셔 넣었다. 케첩과 각종 소스도 넣고 냉동실로 가서 얼려있는 매시 포테이토 팩과 애플파이 팩도 꺼내 차곡차곡 쇼핑백에 넣었다. 매장을 나서며 언니는 말했다.

나는 해고통보를 받고 정신적 충격을 받아 일찍 퇴근한 거야. 니가 와보니 버거 케이스는 다 털려 있었고. 알았지? 그 정도 말은 해줄 수 있지?

란다는 천천히 고개를 끄덕였다. 유니폼을 벗지 않은 현주 언니는 양손 가득 맥도날드 버거 쇼핑백을 들고 매장을 나섰다. 언니는 마지막까지, 이 늦은 밤 단체 주문한 버거를 배달해 주러 가는 근면한 아르바이트생의 뒷모습을 하고 있었다.

란다는 2층에 콜을 해서 다른 아르바이트생들을 불러 내렸다. 매니저에게 전화를 하고 전화기는 통화중으로 돌려놓은 뒤 버거를 해동하고 패티를 구웠다. 사이드 메뉴도 다시 만들 준비를 서둘렀다. 저녁시간이 지난 터라 다행히 매장 안은 한산했다. 몇 가지 급한 일들을 처리하고 배달 주문을 받기 시작했다. 란다는 커피 머신을 청소했다. 미국에서 공수된 기계여서 고장이 나면 수리가 힘들고 커피 판매를 못하므로 조심히 다뤄야 했다. 작은 솔로 커피액의 출사 구멍을 닦고 있던 란다에게 아르바이트생이 메모지를 내밀며 말했다.

꽃처럼 화원. 란다 씨가 맡아 놓고 가는 곳 아니야?

란다는 화원에 배달을 하러 가기 전 공원에 잠깐 들렀다. 배달박스에서 검은 봉투를 들고 공원 후문으로 들어갔다. 츕츕 소리를 냈는데도 어둠 속에서는 기척이 없었다. 란다는 두 손으로 봉투를 주무르며 부스럭거렸다. 란다는 앞으로 걷기 시작했다. 고르지 않은 흙길을 싸리비로 쓰는 듯한 소리가 멀리서 들려왔다. 란다는 휴대용 경광등으로 앞을 비춰 보았다. 가까운 거리에서 하악거리는 고양이 소리가 들려 왔다. 나무 정자가 있는 쪽으로 향하자 소리가 보다 분명해졌다. 정자 맞은편에는 25층짜리 복합 상가가 있었다. 밤이 되어도 상가의 빛은 넘쳐 일부는 공원으로 흘러 들어왔다. 육모 지붕을 인 정자의 섬돌 아래 깜지가 있었다. 깜지는 이를 드러내고 날카로운 소리를 지르며 란다를 노려보았다. 어둠 속 두 눈빛이 일렁였다. 깜지는 몸통 아래가 기형적으로 비틀려 있었다. 하늘을 향하고 있는 벌린 두 다리에 무언가가 쓸려 나온 듯 검은 형체가 보였다.

란다가 다가갈수록 깜지는 앞 몸통을 이용해 뒤로 물러나려 했지만, 활처럼 휜 하반신은 뒤뚱대기만 할 뿐이었다. 란다는 안돼, 안돼 소리를 하며 정자 아래로 기어들어가 깜지를 빼냈다. 검은 방한 점퍼 여기저기에 잿빛 흙이 온통 묻어났다. 란다는 인근 동물 병원으로 들어가 하얀 시트 위에 깜지를 올렸다. 깜지의 아랫 몸통을 검은 봉지로 감싼 채였다. 갈색 뿔테 안경의 남자 수의사가 란다에게 다가왔다. 간호사는 철창 근처에서 마스크를 쓰고 일회용 장갑을 낀 채 아주 작은 고양이에게 주사기로 우유를 먹이고 있었다.

수의사는 란다를 힐끗 힐끗 바라 보며 장갑을 끼고 마스크를 썼다. 란다를 등지고 깜지에게 다가갔다. 봉투를 들썩이는 소리가 들렸다.

야무지게도 밟아놨네……. 고양이, 죽었잖아요, 확인 안 했어요?

뒤돌아선 수의사는 미간을 찌푸리며 말했다. 수의사가 티슈를 몇 장 집어 란다에게 건넸다. 란다는 멍한 얼굴로 티슈를 들어 깜지로부터 흘러나온 피를 닦으려 했다.

아니오, 거기 말고 그 쪽 얼굴 닦으라구요.

수의사가 오른 손으로 자신의 얼굴을 향해 동그라미를 그리며 말했다. 란다는 병원 내의 거울에 얼굴을 비춰 보았다. 검은 얼룩이 눈물 자국을 따라 온통 번져 있었다.

란다는 동물 병원에서 두껍고 커다란 폴리 봉투를 한 장 얻어 깜지를 담은 뒤, 스쿠터 배달 박스 옆에 놓인 걸쇠에 그것을 단단히 고정시켰다. 무전기에서 호출 신호가 계속 울렸다. 매니저가 급하게 란다를 찾고 있었다. 17분 30초는 이미 훨씬 넘긴 뒤였다. 란다는 스쿠터에 달린 깜지의 무게를 느끼며 맥도날드로 향했다.

깜지가 이유 없이 말라가 병에 걸린 것을 알았을 때, 동물병원에 데려간 적이 있었다. 그때 입양을 고려해 보지 않았던 것은 아니었지만 란다는 망설였고, 깜지가 더 악화되지 않고 나아지자 란다는 깜지를 공원으로 돌려보냈다. 늘 망설이기만 했던 그 말을, 한 번 뱉어 볼 기회 없이 깜지를 잃었다는 생각이 들었다.

아니다.

란다는 중얼거렸다. 정확하게 이야기하자면 깜지를 잃지 않기 위해, 뱉고 싶었던 말들을 행동으로 옮겼어야 했다. 란다는 무엇인가를 급하게 먹은 듯 배가 아팠다. 속에 꽉 찬 그것들을 뱉어내고 싶었다. 란다는 간신히 맥도날드 매장으로 돌아왔다. 포스 앞에는 매니저와 아르바이트생들, 라이더들이 모여 있었다. 란다가 들어서자 무리의 분위기가 미세하게 흩어지는 것이 느껴졌다. 흩어지면서도 어느 한 공동을 향해 집결하는 모양새였다.

팔짱을 낀 매니저가 앞으로 나서더니 눈짓으로 란다를 오른편으로 이끌었다.

매장 털렸잖아요. 알아요?

네……. 제가 왔더니 아무도 없더라구요.

아무도 없기는? 현주 씨가 란다 씨에게 정확히, 딱, 인수하고 갔다고 하던데?

언니가, 언니가 그래요?

네, 이거 근무일지 봐요.

란다는 매니저가 들이미는 일지를 받아 보았다. 들어오자마자 거의 습관처럼 해 놓는 자신의 사인이 담긴 칸 옆에는 푸드 케이스 내 음식들의 목록과 개수가 오늘 날짜와 함께 꼼꼼히 적혀 있었다. 현주 언니가 적어 놓은 것이었다.

란다 씨, 뭐가 어떻게 된 거야?

그때만큼은 매니저도 간접화법을 쓰지 않았다. 매니저는 여러 차례 눈을 깜빡였다. 현주 언니와 달리 깜빡임은 정연했고, 횟수가 거듭 될수록 동공의 크기가 커져갔다.

딸꾹.

란다는 딸꾹질을 했다. 란다는 아무 말 없이 손등으로 입을 가린 채 매장 밖으로 나왔다. 매니저와 사람들은 란다의 뒷모습만 바라볼 뿐 따라나서지 않았다. 란다 자신이 배달간 그 시간 동안 사람들은 말을 맞추고 일은 처음부터 끝까지 완성되었을 거였다.

란다는 스쿠터 옆에 쭈그리고 앉아 손바닥을 펴서 찬찬히 들여다보았다. 깜지를 빼내느라 엉망이 된 손바닥에 미처 닦아내지 못한 흙먼지들이 들러붙어 있었다. 손바닥 군데군데 긁힌 상처 사이로 옅은 피가 비쳐 보였다. 란다는 손바닥에 맺힌 피를 핥았다. 쇠맛과 흙 맛과 비릿한 피 맛이 났다. 란다는 자신이 몰랐던 것, 자신을 몰라주었던 것들에 대해 생각했다. 맥도날드, 현주 언니, 깜지, 소다 언니 그리고 골목길에 대해. 몸을 아주 동그랗게 말고 어떤 것도 간섭하지 않은 채 지내려 했지만 그것은 불가능한 일이었다고. 딸꾹질을 하고 눈물을 흘리는 자신이 애초에 그렇게 애쓰며 살면 안 되는 것이었나 보다고. 자신에게 할당된 유예의 시간은 그리 많지 않았는데 자신만 그것을 몰랐던 것이라고. 몸에서 유일하게 뜨거운 것이 흘러나왔다. 눈물을 흘리자 자연스레 딸꾹질이 멈추었다. 가로등에서 내뿜는 먹먹한 푸른 빛이 란다의 스쿠터에 괴괴히 내려앉아 있었다.

란다는 스쿠터를 끌고 집으로 향했다. 세수를 하고 구멍이 난 바지를 갈아입기 위해서였다. 스쿠터를 대문 옆에 세워놓고 문을 열기 위해 현관 아래 손을 넣었을 때, 대문이 끼익 소리를 내며 절로 열렸다. 집안은 캄캄했다. 절룩거리며 자신의 방안에 들어선 란다는 불을 켠 뒤 제일 먼저 트렁크를 찾았다. 텔레비전 옆에 놓여있던 흰색 트렁크는 보이지 않았다. 늘 있던 그것이 없는 모습이 생경했다. 란다는 자리에 주저앉았다. 란다는 절룩거리며 일어나 천장의 틈에 손을 뻗어 보았다. 텅 빈 그곳을 시작으로 모든 것이 금방이라도 쏟아져 내릴 것만 같았다.

란다는 불 꺼진 방안에 앉아 있다가 밖으로 나와 스쿠터를 타고 골목길을 내려왔다. 도심을 향해 스쿠터를 몰았다. 멀리서부터 보이는 화원 간판의 빛이 어떤 다른 네온사인보다 하얗고 따뜻하게 느껴졌다. 란다는 챙겨두었던 배달음식을 들고 화원으로 들어섰다. 란다가 들어서며 벨이 울리자 트로피 남자가 여자를 밀쳤다. 차임벨이 마치 무슨 시작 신호라도 된 듯하여 란다는 순간 어안이 벙벙했다. 여자는 바닥에 넘어졌다. 쥐고 있던 꽃이 여자와 함께 널부러졌다. 가까이서 본 여자의 오른 눈가는 빨갛고 파랬다.

병신 주제에. 꺾은 꽃도 살아 있는 거라며. 살아 있는 꽃 좀 더 싱싱하게 살려서 팔아 보자는 데 뭐가 문제야, 약 쳐서 그래? 버리는 것보단 낫지 왜 난리야. 너는 땅 파서 장사하는 재주 있냐?

여자가 꽃송이를 모아 쥐었다. 남자는 한쪽 입 꼬리를 일그러트리며 란다를 바라보았다. 자신이 하는 이야기가 당연하지 않느냐는 표정이었다.

란다는 들고 있던 배달 봉투를 남자를 향해 던지고 남자의 정강이를 힘껏 걷어찼다. 좁은 화원에서 남자와 함께 의자와 테이블이 나동그라졌다. 여자는 놀란 듯 핏기 없는 얼굴로 입을 틀어막고 서 있었다. 란다는 여자의 손을 잡고 화원 밖으로 나왔다. 란다가 스쿠터의 시동을 걸고 여자를 자신의 뒷자리에 앉혔다. 남자는 넘어져 데굴데굴 구르다 일어나더니 절룩이며 란다를 쫓아왔다. 남자는 란다를 쫓기 위해 자동차를 탔다. 급발진을 한 남자의 차가 울컥거렸다. 란다도 스쿠터의 엑셀을 있는 힘껏 밟았다. 조금만 가면 골목길이었다. 남자가 전조등을 껐다 켜며 란다를 위협했다. 란다는 허리를 바짝 더 숙였다. 깜지가 담긴 봉투가 대롱거렸다.

골목길 낮은 촉수의 가로등 빛 사이로 란다는 숨어들어갔다. 사람 세 명 정도만이 나란히 들고 날 폭이라 자동차는 들어올 수 없었다. 빠앙 하고 남자가 경적을 길게 울렸다. 자동차에서 내린 남자는 뒤따라오며 고함을 쳤다. 란다는 돌아보지 않았다.

언니야, 언니야.

여자는 아무 말도 하지 않았다. 란다는 엄마의 얼굴을 떠올렸다. 밤늦게 식당 일을 마치고 술에 취해 집에 들어온 엄마는 세 언니에게는 잔소리를 하고 짜증을 내어도 막내인 란다에게 만큼은 그렇지 않았다. 잠자리에 들 적이면 란다는 엄마 품으로 파고들었다. '냄새 안 나니' 하고 묻는 엄마에게 란다는 '난다, 냄새나, 속상한 냄새 난다 '하고 말했고 엄마는 그런 란다를 끌어와 꼭 안아 주었다. 엄마에게서는 란다가 어릴 적 자주 물고 빨며 늘 끼고 다녔던 담요에서 나는 냄새가 났다. 그 냄새는 지워지지 않았고, 비염이 있어 늘 축축한 란다의 콧속에 자리 잡았다.

이제 언니를 어디로 데려갈까. 란다는 생각했다. 골목길의 빈집을 떠올리고 결국 다시 돌아올 완다, 소다를 생각했다. 어느 곳이든 상관없을 것 같았다. 골목길 안쪽이라면. 그곳은 이제 변하지 않는다. 란다는 이제 어른이 되었고, 그곳이라면 더 이상 무섭지 않았다. 차가운 공기 속에서 훈기가 느껴졌다. 비염이 있는 란다는 코와 목을 통해 그 기운을 예민하게 느낄 수 있었다. 봄의 문턱으로 들어서는 환절기였다.

맥도날드와 현주 언니의 이야기는 은유 작가의 『글쓰기의 최전선』 중 「노동 르포 : 효주 씨의 밤일」 일부를 인용 및 변용하였음을 밝힙니다.

*

관
람
객

숨비소리가 났다. 한국과 열 시간 시차가 나는 네타사섬 바닷가
에서. 수영을 하다 숨을 고르고 있던 나는 수경을 벗어들고 주위를
훑어보았다. 내가 휘젓는 자맥질 소리가 해수면에 가득했다. 흰꼬
리열대새가 지평선을 가르며 날아갔다. 숨을 깊게 들이마신 뒤 잠
영으로 십여 미터를 헤엄쳐 뭍으로 올라섰다. 낮 수영은 이것으로
충분했다. 3, 4미터만 더 들어가면 스내퍼떼를 만날 수 있었겠지
만, 갑자기 나타난 백산호군에 놀라 하마터면 물숨을 들이킬 뻔했
다. 입과 코에 아직 남아있는 물기를 뱉어내며 나는 언니와 오빠의
얼굴을 떠올렸다. 이곳에서의 시간이 지나고 나면 어떻게든 마주
하게 될 그 표정들을.

오래된 도립병원은 구조가 특이했다. 처음부터 두 동짜리 병원을 설립한 것이 아닌, 한 동을 먼저 건립하고 몇 년 뒤 비탈진 길을 다듬어 다른 병동을 세웠기 때문이었다. 다른 한 동을 세운 뒤 병원장은 건물 사이에 구름다리를 만들어 두 건물을 연결했다. 언니는 구관에, 오빠는 구름다리 건너편의 신관 병동에 머물고 있었다. 정기적으로 받는 잠수병 치료로 언니의 상태는 경한 편인 반면, 오빠는 잘 걷지도 못해 병상에 누워 있어야 했다. 그날 아침 오빠가 병원에 장기 입원하게 되었다는 소식을 언니는 내게 전해왔다. 나는 가보겠다는 말도 없이 병원으로 향했다. 오빠가 그 지경에 이르기까지 언니가 내게 오빠의 상태를 숨겼다기보다, 오빠의 병증이 급속하게 악화되었다고 볼 수 있었다.

산소 고압 치료실 안에 언니는 누워 있었다. 나는 유조차의 드럼통이나 구식 우주선과도 같아 보이는 챔버의 작은 유리창을 통해 언니를 바라보았다. 언니는 산소마스크를 쓴 채 갈색의 낡은 담요를 덮고 잠들어 있었다. 살짝 벌어진 두 입술이 가끔 움찔거렸다. 치료실 안은 바닷속과 똑같은 기압이 적용된다고 했다. 몸속 질소를 배출하는 과정이었다. 나란히 누운 해녀들의 몸짓은 어딘가 닮은 곳이 있었다. 몸을 휘젓지도 않고 자연스러운 숨을 쉬며 바다에서 잠든 언니의 모습이 안온해 보였다.

구름다리를 건너 신관 병동으로 향했다. 접수대에서 오빠의 병실을 확인했다. 4인실 병실의 미닫이문을 열고 들어섰다. 두 침상은 비어 있었고 맞은편 침상에 중년 남자가 텔레비전을 보고 있었다. 텔레비전에서는 아무 소리도 나지 않았다. 나는 창가 쪽 커튼이 둘러쳐진 곳으로 다가가 커튼 사이로 살짝 얼굴을 들이밀었다. 몸피가 작고 말랐으며 양쪽 뺨이 움푹 팬 오빠가 고른 숨을 내쉬며 잠에 빠져 있었다. 남자는 오빠가 물리치료를 받고 와서 고단한 모양이라고 했다. 나는 남자에게 고개를 끄덕인 뒤 병실을 나섰다. 병원 밖으로 빠져나와 근처 벤치에 앉았다. 담배 생각이 간절했다. 벤치에 앉아 위를 올려다봤다. 구름다리를 사이에 두고 왼쪽과 오른쪽 건물에 각각 누워있는 언니와 오빠의 얼굴이 떠올랐다.

계속 물질 일을 할 거냐는 나의 물음에 언니는 별말이 없었다.

"오빠까지 저렇게 된 마당에……."

"너만 뭍에 살면 되었어. 너 졸업하고 나서 이제 물질 일 고만하고 싶더라. 한 달 쉬어봤지. 안 되겠더라구. 물가 떠나 살면 죽겠구나 싶었지. 연호는 걱정하지 마. 이번에 퇴원하면 내가 욕심 안 부리게끔 단도리 잘 하면서 지낼 테니."

이십년 넘게 한 해녀 일을 언니가 그만두게 할 명분도 여력도 내겐 없었다. 그 진중한 노동의 대가로 내가 미술 과외를 받고, 대학을 졸업했으며, 외지에서 생활할 수 있었기 때문에 더욱 그랬다. 답답했다. 어떻게 해야 할지 판단이 서지 않았다. 한 달 후면 거처를 정해야 했다. 사는 곳의 계약 연장 시점도 그즈음이었다. 스쿠버 다이빙 동호회에서 후배로부터 소개받았던 네타사가 떠올랐다. 산호섬인 그곳은 섬 중앙에 작은 호수가 있고, 낮에는 무더운 대신 밤에는 시원하며, 무지갯빛을 내는 굵고 검은 흑진주가 특산물로 값비싼 가격에 팔린다고 했다. 가져간 탱크를 모두 비우고도 돌아오기 싫어, 공기탱크를 충전하기 위해 발을 동동 구르며 이곳저곳을 배회할 만큼 아름다웠던 물속 풍광들. 후배가 이야기해준 네타사가 궁금했다. 후배는 무엇보다 블루홀에 대해 감탄을 아끼지 않았다. 그렇게 깊고 아득한 블루홀은 이제껏 처음이었다고. 후배의 마지막 말이 귓가를 떠나지 않았다.

수심 20미터 이상의 딥 다이빙을 하기 전 안전정지를 하는 블루홀에서 나는 늘 막막해졌다. 호흡기 소리만 들릴 뿐, 그 이외에는 아무것도 들리지도, 보이지도 않는 그곳은 이 세계에서 저 세계로 넘어가는 통로 같은 느낌이 들었다. 깊어진 수심으로 내이의 압력을 맞추기 위해 끊임없이 이퀄라이징을 해나가며, 마스크에 들어간 물을 빼내어 시야 확보도 해야 했지만, 어떤 세계로도 틈입하지 않고 부유하는 그 순간이 좋았다. 가능하다면 오랫동안 머물고 싶었다.

함께 가기로 했던 후배가 떠나기 전날 다리를 접질렸다. 혼자라도 떠날 것인지 모든 일정을 취소할 것인지의 선택지 앞에서 결정이 어렵지 않았다. 스쿠버 다이빙 동호회에서 동인들과 몇 번 해외 원정을 다녀오기는 했지만, 혼자 여행을 떠나기로 한 것은 이번이 처음이었다.

후배의 소개로 묵게 된 단독 펜션에 나를 안내해 준 사람은 네타사 원주민으로 현지 관광가이드 일을 하는 '쿤'이었다. 그는 나보다 일곱 살이 많았다. 쿤은 중키에, 단단해 보이는 근육이 협맥처럼 잡혀있는 다부진 몸집의 사내였다.

"네타사 관광을 환영합니다."

쿤은 어눌한 한국어로 인사를 건넸다. 내 짐을 보더니 짐짓 놀란 척하다가 이내 아이 같은 미소를 지어 보였다. 릭샤에 트렁크를 척척 싣거나 소리 높여 기사와 교통비를 흥정하는 모습이 믿음직스러웠다. 릭샤에 짐을 싣고 쿤과 함께 펜션을 향해 이동했다. 짐이 무거워 락샤가 자꾸 뒤로 쏠렸다. 릭샤가 급회전을 할 때마다 릭샤 바깥으로 내 발이 자꾸 빠졌다. 쿤이 내 손을 잡아 주었다. 쿤의 손은 크고 차가웠다.

백사장을 끼고 습기를 잔뜩 머금은 바닷바람을 맞으며 달리고 있자니 한국을 떠나왔다는 것이 실감 났다. 해변을 벗어나자 작은 규모의 우림이 펼쳐졌다. 우림으로 들어서는 초입 즈음에 성인 남자 평균 키만 한 초목들이 우림을 둘러싸고 빽빽하게 자란 것이 보였다. 나무 군락은 끝없이 이어져 있었다. 싱그러웠다.

"저건 무슨 나무인가요? 무척 싱싱하고 단단한 힘이 느껴지네요."

내가 영어로 묻자 쿤이 큰 소리로 웃었다. 쿤의 웃음은 특이했는데 웃음 끝에 기합이 들어가는 것처럼 묘한 울림이 있었다.

"그렇죠. 가장 힘센 나무라고 할 수 있겠어요. 저것들에 많은 목숨이 달려 있으니까요."

내가 가리킨 것은 하시시라는 나무였다. 하시시는 마약의 주원료가 되었다. 네타사는 이렇다 할 주력 산업이나 수출원, 관광상품이 없었다. 마약산업은 음성적으로 네타사 섬 깊숙한 곳까지 그물망처럼 퍼져 있었다. 네타사 정부에서도 쉽게 개입하거나 근절하지 못했다. 나는 바닷바람 사이로 들리는 쿤의 말에 집중했다. 처음으로 그의 옆얼굴을 자세히 바라보았다. 쿤의 눈동자가 부자연스럽다고 생각했다.

고향에서 바닷속으로 들어가는 사람은 세 종류였다. 바다 것을 채집하는 자와 보호하는 자 그리고 관람하는 자.

엄마와 언니는 바닷속에 들어가 식량을 구해왔다. 엄마는 깊은 물에 들어갈 수 있는 상군이었고, 언니는 그보다 얕은 물의 중군이었다. 상군 중의 최상군이었던 엄마는 하늘이 허락한 신체 조건을 가지고 태어났다고 했다. 수압을 견디는 귀와 눈, 높은 폐활량, 한겨울 차디찬 바닷물을 견디는 능력과 거대한 바다생물의 갑작스러운 등장에도 당황하지 않는 담대함, 이 모든 것을 엄마는 가지고 있었다. 물질하는 날이면 엄마의 태왁은 해녀 여섯이 나눠 들어도 감당하기 벅찼다. 엄마가 물숨을 먹고 죽은 뒤, 엄마의 많은 것을 물려받았던 나는 관람하는 자로 남기로 했다. 언니의 간절한 바람 아래.

읍내에서 고교를 다니고 대학은 도심지에서 다녔다. 회화를 전공했고 교직이수도 했다. 뭍을 딛고 다닌 날들이 물에 들어갔던 날들보다 많아지면서 자연히 물질 일을 잊었다. 오래 외지 생활을 하며 그런 일은 한정된 곳의, 한정된 자들만이 할 수 있는, 다큐멘터리에서나 익히 보고 들을 수 있는 일처럼 감각되기 시작했다. 언니와 오빠의 무감한 성격도 이런 내 생각에 한몫을 했다. 명절에도 우리는 잘 모이지 않았다. 입학식과 졸업식, 그런 날에만 언니가 내게 잠깐 다녀갔을 뿐이었다. 그럼에도 물에 들어가지 않고는 숨이 쉬어지지 않는 때가 종종 있었다. 학부 시절 과외를 하며 스쿠버 다이빙을 배웠다. 내게 익숙한 물속 몸짓이 전혀 통하지 않았다. 초급 단계에서는 오히려 수영을 못하는 사람이 기법을 쉬이 익힐 수 있었다. 물에 가라앉을 것 같아도 팔을 휘젓지 않는 법을, 다리를 비틀지 않는 법을 배워야 했다.

학교에 다니면서 고민했던 재능에 대한 회의감은 졸업 이후 더욱 심해졌다. 그곳에도 계급이 있었다. 바닷속 상군, 중군, 하군처럼. 재능은 계발되지 않았다. 일정한 수준에 도달할 수 있을 뿐이었다. 시간이 흐르면 다시 격차는 벌어지고 나는 또다시 안간힘을 다해 그곳에 닿기 위해 노력해야했다. 더 이상 작품을 낼 수 없는 시기가 왔다. 붓질을 하고 싶은 마음이 생기지 않았다. 하얀 캔버스를 앞에 두고 막막한 마음이 들던 것이 한두 번이 아니었다.

왜 분노조차 치밀지 않는가. 닿지 않으면 발산하고는 했던 분노

마저 어느 순간 사라졌다. 몸과 마음이 타버린 재처럼 바싹 말라버린 느낌이었다. 어떤 것으로도 꺼진 불씨를 살릴 수 없었다. 밀린 공과금들을 해결하기 위해 급하게 맡았던 강사 일에 더 많은 시간을 투자하기 시작했다. 관성이 되자 그 쳇바퀴에서 빠져나가기 힘들었다. 가르치는 일에 아무런 재미도 보람도 느끼지 못하면서도, 이것이 내 일이 아닐까 자위했다. 침대에 누워 화구 위 빈 캔버스를 바라보아도 어떤 영감도 느끼지 못하는 나 자신이 한심했다. 언니를 원망하는 마음이 들었다.

테라스에 설치된 해먹에 누워 맥주를 마시고 있던 둘째 날 아침, 새의 것으로 보이는 깃털로 빽빽하게 장식된 모자를 쓴 노파가 찾아왔다. 노파는 거친 텍스처의 옷을 통짜로 걸치고, 허리에 두른 갈색 가죽띠로 그것을 고정한 차림새를 하고 있었다. 네타사의 전통복식인지는 알 수 없었으나 골 깊은 주름 사이사이 물감이 칠해진 노파의 얼굴은 기괴하면서도 인상적이었다. 곧은 일자 몸통 위로 양어깨가 말린 채 솟아있고 팔다리가 앙상해, 노파는 작은 고목과도 같아 보였다. 노파는 딱딱한 톤의 영어로 내게 물었다.

"갈가마귀를 닮은 남자아이를 보았느냐."

갈가마귀의 생김이 얼른 떠오르지 않아 나는 고개를 갸웃거렸고 노파는 손을 한번 휘젓더니 들고 있던 나무 바구니에서 무언가를 꺼내 바닥에 내던졌다.

"흔들어라."

나는 거뭇한 그것을 내려다보았다.

"갈가마귀를 보거든 흔들란 말이다. 너네것들은 아둔하고 쓸데없는 동정심이 많으니."

그것은 동체의 절반 이상이 녹슨 종이었다. 모양이 투박해 한눈에 봐도 손으로 만든 것임을 알 수 있었다. 노파가 이 마을의 주술사라는 것을 알게 된 것은 이날, 일주일치 음식을 전해 주러 온 가이드 쿤을 통해서였다. 레토르트 파우치, 캔맥주, 인스턴트 팩이 가득 든 푸드 컨테이너를 집안으로 옮기려다, 깃털이 달린 모자를 쓴 노파에 관해 내가 묻자, 그는 현관 앞 테이블에 컨테이너를 올려놓고 잠시 숨을 골랐다. 밀짚모자를 벗고 포마드를 바른 것인지 번들거리는 긴 앞머리를 손가락으로 빗어 넘기며 쿤은 나를 정면으로 바라보았다. 쿤의 얼굴에서는 이상한 기미 같은 것이 엿보였는데, 경직된 눈의 표정 때문이었다. 그의 양 눈동자는 전혀 움직이지 않았다. 무엇에 붙들린 것처럼 동자를 움직이지도, 눈꺼풀을 깜빡이지도 않았다.

"주술사예요. 어떤 이들은 마을을 지키는 수호신의 대리자라고 생각하기도 하죠. 이 마을에는 없어서도, 있어서도 안 될 존재지요. 가까이 하지 않는 게 좋아요. 외지인이나 외국인도 상대하기 때문에 못 하는 언어가 없어요."

마을에는 주술사를 비호하는 세력과 암살하려는 세력이 공존한다고 했다. 주술사는 혈연세습으로 이어져 왔다. 노파는 젊었을 적 암살세력에 붙잡혀 고문을 당했다. 고문으로 아이를 더는 가질 수 없는 몸이 되었다고 했다.

네타사에 도착해 이틀 동안 잠수를 하지 못했다. 풍랑이 너무 거세기도 했고 이상하게 마음이 내키지 않았다. 3일째가 되어서야 바다로 들어갈 마음이 생겼다. 첫 탱크를 비우던 날, 나는 보트 다이빙을 나가 후배가 말한 포인트의 블루홀에 도달했다. 블루홀에 있다 보면 꼭 울음이 터질 것 같은 느낌이 들곤 했는데, 지금껏 눈물을 흘린 적은 없었다. 후배의 말처럼 네타사의 블루홀은 내가 이전에 가봤던 곳들과는 달랐다. 안전정지 시간인 3분 동안 많은 생각이 들었다. 언니와 오빠의 얼굴, 어떻게 될지 알 수 없는 불투명한 앞날 생각에 자세가 바로 나오지 않아 해마처럼 몸이 기우는 초보적인 실수를 되풀이했다.

그때 한 아이를 보았다. 아이는 몸체가 투명한 한치 같기도 했다. 작은 몸이 오직 두 다리의 추진력으로 수압을 이기며 내려가는 것이 신기했다. 오른손에 전혀 위협적이지 않아 보이는 작살과 그물 바구니를 들고 있었다. 아이는 내 곁을 지나 더욱 깊이 잠수했다. 나는 방향을 틀어 아이의 뒤를 따랐다. 여를 끼고 방위각 180도를 도니 협곡 포인트를 알리는 노란 맨드라미 산호가 나타났다. 아이는 그곳을 지나 하잠했다. 멀리 그물로 경계가 지어진 곳이 보였다. 무언가를 기르는 양식장인 듯했다. 아이는 그곳으로 향하더니 그물 사이를 들추고 안으로 진입했다. 무엇을 하는지 알 수 없었다. 아무 장비 없이 거의 아무것도 걸치지 않은 몸으로 그 깊이에 이르는 것이 신기해 보일 뿐이었다.

2분.

아무리 폐활량이 좋고 몸이 날렵해도 인간이 산소통 없이 바닷속에 머무를 수 있는 시간은 2분이 마지노선이었다. 나는 한 손에 부표를 든 채, 아이가 향한 곳을 바라보고 있었다. 아이가 들어간 곳에서 모래바람이 일었다. 꽤 시간이 흘렀다고 생각했는데도 아이는 보이지 않았다. 아이는 어디로 갔을까.

원래의 구조물에 딜레니아 잎 수백 장을 엮어 씌워 놓은 펜션의 이엉지붕은, 비와 햇볕에 씻기고 찧어져 열여덟 평 남짓 펜션을 빈틈없이 틀어막고도 남을 만큼 견고했다. 날씨에 따라 달라지는 특유의 잎 냄새가 집 주위를 에워쌌다. 딜레니아 나무의 잎들은 울창했지만, 바람이 불면 틔운 잎들을 앞뜰에 한가득 떨궈냈다. 잘 마모된 작은 자갈들 위로 쌓인 잎들은 훌륭한 카펫이 되었다. 나는 조리를 벗어들고 집 어귀를 산책하고는 했다.

시차 적응이 안 돼 밤에는 깨어 현관 앞 해먹에 누워 나갈 수 없는 밤바다를 바라보았다. 이곳에는 흡혈 벌레들이 다양했고 물린 예후도 좋지 않았다. 물린 즉시 벌겋게 부풀어 올라 긁을 수 없을 정도로 아팠다. 펜션 내에 비치되어 있던 방충제를 뿌리고도 참다

못해, 륙색을 샅샅이 뒤져 한국에서 가져온 모기향을 찾아내 태우기 시작했다. 향냄새가 독해 줄담배를 태웠다. 낮에 깨어있고자 해도 쉽지 않았다. 벌레에 물리고 모기향 냄새가 독해도 앉은 채로 졸기 일쑤였다. 관성에서 벗어나는 것이 힘든 체질임을 말해 주는 것 같아 씁쓸했다. 해가 질 무렵 두텁게 껴 있는 적운 사이로 주황빛 석양이 층층이 걸려 있는 하늘 풍경을 볼 수 있었다.

　네타사에 온 지 일주일째 되던 날 밤, 테라스 테이블에 앉아 담배를 태워 물다 어딘가에서 인기척이 느껴져 꽁초를 떨어트렸다. 나뭇잎에 떨어진 꽁초로 인해 작은 불이 일었다. 일어서 맨발로 담배를 비벼 끄다가 뜨거워 나도 모르게 소리를 질렀다. 가이드 쿤을 마지막으로, 사람을 못 본 지 삼 일째였다. 아는 사람은 싫고 타인은 무서웠다. 그렇게 따지자면 이 섬의 사람들은 내게는 온통 무서운 사람들인 셈이었다.

　바닥에 깔린 딜레니아잎들을 빠르게 짓밟으며 누군가 다가오고 있었다. 펜션을 향해 뛰어들어온 이는 아이였다. 나는 그 아이가 며칠 전 블루홀에서 마주쳤던 아이라는 것을 바로 알아차렸다. 아이는 뒤란으로 사라졌고, 얼마 뒤 두 사내가 나타났다. 한 사내는 크고 건장했고 양팔 가득 문신이 새겨 있었다. 다른 사내는 상대적으로 왜소했지만, 인상이 날카로웠다.

　사내들은 해를 등지고 있었다. 이울기 시작한 햇살이 눈을 찔렀다. 나는 큰소리로 누구냐고 물었다. 사내 둘은 영어를 모르는 것 같았다. 그들은 문 안쪽의 곳곳을 기웃거렸다. 불을 켜 놓지 않은 방안은 깜깜했다. 대낮부터 나와 있어 해 질 무렵이 되었으니 불을 켜놓지 않은 것이 당연했지만, 그것은 이곳에 나 외에 아무도 없다는 것을 뜻하기도 했다.

둘은 나는 안중에도 없다는 듯한 눈빛으로 자기들끼리 대화를 주고받았다. 나는 영어로 계속 무슨 일이냐고 물으며 나가라는 손짓을 해 보였다. 사내 둘이 주춤주춤 들어서기 시작했다. 나는 들고 있던 캔맥주를 거칠게 집어던졌다. 캔이 투과당 소리를 내며 테라스에 부딪쳐 떨어졌다. 나는 앞으로 쏠릴 듯 약간 비틀거렸다. 양다리가 떨려왔다.

해먹 옆에 세워 두었던 야구방망이를 집어 들었다. 내가 아는 최대한 거친 발음의 영어로 욕을 하기 시작했다. 사내 중 키가 큰 남자가 한쪽 입꼬리를 올리며 이죽거리기 시작했다. 두 사내가 눈빛을 주고받더니 내 쪽으로 다가섰다. 나는 뒤로 조금 물러서며 야구방망이를 흔들었다. 사내들은 양옆으로 갈라져 내 앞으로 한걸음씩 다가왔다.

기둥 옆에 아무렇게나 버려두었던 동종이 보였다. 나는 몸을 낮춰 종을 쥐어 들고 흔들기 시작했다. 그때 뒤에서 목소리가 들렸다. 쿤이었다. 쿤은 푸드 컨테이너를 들고 이쪽을 바라보고 있었다. 큰 사내가 그때까지 나를 주시하고 있던 작은 사내의 어깨를 툭 쳤다. 쿤은 빠르고 거친 네타사 어로 둘에게 소리쳤다. 사내들은 일렬로 줄을 서 쿤의 곁을 지나쳤다. 컨테이너 푸드를 든 쿤이 사내들을 향해 발길질을 했다. 쿤은 별일 아니라고 했다. 그들은 인근 마을의 동년배들로 관광객들에게 호기심 많은, 아직 천지 분간 못하는 애송이들일 뿐이라고 했다.

다음 날 느지막이 일어난 나는 뒤란으로 향했다. 펜션 뒤에는 작은 둔덕이 있었고 둔덕에는 오칸 나무가 빽빽이 심겨 있었다. 나무들 사이로 하비쿠스와 티아레도 보였다. 바닥에는 온통 나뭇잎들이 깔려 있었다. 뒤란에 한 평 남짓 너비로 길게 길이 나 있었고, 조롱박 모양의 토기들이 집 뒷벽을 따라 군데군데 놓여 있었다. 아이가 사라지기 전 들렸던 소리가 떠올랐다. 무거운 돌덩이를 끄는 듯한 소리.

"이것을 옮기려고 그랬나……."

나는 그 토기 중 하나의 뚜껑에 손을 가져다댔다. 뚜껑을 아주 조금 열었을 뿐인데 정체를 알 수 없는 냄새가 코를 찔렀다. 드러난 틈새로 까만 물이 출렁거렸다. 나는 두 손을 놓고 뒤로 물러선 뒤 오른발을 들어 조리 끝으로 뚜껑을 밀어 입구를 막았다. 습기를 머금은 눅진한 바람이 불었고 나뭇잎들이 바람 끝에 딸려 날아갔다.

둔덕을 향해 몸을 틀었을 때, 발치께에 움푹 팬 곳이 눈에 띄었다. 동그란 모양새의 구멍이, 둔덕이 시작되는 지점에 나 있었다. 모양이 인위적이었다. 나뭇잎이 수북한 다른 곳과 달리 잘 다져진

적토에 드문드문 잎이 박혀있는 형세였다.

나는 몸을 낮춰 손을 펴서 길이를 가늠해 보았다. 내 몸의 절반 정도밖에 되지 않는 길이였다. 아이가 만들어 놓은 곳이라는 생각이 들었다. 똑바로 눕는 것이 아니라 몸을 웅크리는 걸까. 아이는 언제부터 이곳을 드나들었던 것일까……. 나는 그 자리 옆으로 길게 누워 보았다. 나뭇잎들이 숨죽이는 소리를 내며 내 무게를 받아들이는 것이 천천히 느껴졌다.

그 뒤 아이는 자주 펜션을 찾아왔다. 아이는 해먹에 붙박이듯 누워있는 나를 지나쳐 늘 뒤란으로 향했다. 몇 번 아이에게 손 인사를 하기도 했지만 아이는 아무런 반응도 보이지 않았다. 처음 도착한 며칠을 제외하고 네타사의 날씨는 늘 맑았다.

네타사에 온 지 열흘쯤 되었을 때 나는 열감기에 걸렸다. 열에 들떠 잠이 들면 딥다이빙을 하다가 음성 부력을 못 이겨 깊은 곳에 끌려가거나, 블루홀에서 부상하지 못해 덜커덕 숨이 막히는 꿈을 꾸며 자리에서 벌떡 일어나고는 했다. 들릴 리 없는 숨비소리가 들리는 듯하여 바닷가 쪽을 서성이거나, 흘린 땀이 모두 식을 때까지 자리에 앉아 소리를 질렀다. 그럴 때조차 내 사정은 아랑곳없다는 듯이 아이는 홀딱 젖은 몸으로 무언가 가득 찬 그물망을 든 채 펜션 앞뜰로 들어서고는 했다.

햇살을 받은 아이의 모습은 찬연했다. 벌거벗다시피 한 아이의 차림에서 느껴지는 것은 강한 생명력이었다. 아이는 비웃듯 나를 한번 훑어보고는 뒤란으로 향했다. 나는 아이를 홀린 듯 바라보았다. 해먹에 누워 캔맥주를 들이켜고 있으면 아이가 부는 초적 소리가 들려왔다. 단조로 이루어진 그 소리는 앞뜰의 풍경과 어우러져, 나는 일몰이 지고서도 한참 동안 부동의 자세로 앉아 있었다.

아이가 씩씩거리며 내게 달려왔다. 수풀을 밟는 소리가 사르륵 들리더니 어느 순간 내 앞에 서 있었다. 아이는 미음자 모양으로 치아를 드러낸 뒤 입을 앙다물더니 고개를 살짝 틀어 침을 뱉었다. 언제 입술을 벌렸는지 알 수 없을 정도로 빠르고 치밀한 동작이었다. 뒤이어 아이는 내 앞에 무엇인가를 툭 하고 던졌다. 내가 토기 위에 올려놓았던 초코바가 포장이 터진 채 놓여 있었다.

나는 손에 무엇인가를 쥐고 먹는 시늉을 해보였다.

"먹는 거, 이거, 이팅, 돈 츄 노우 디스?"

아이는 턱을 앞으로 내밀더니 눈을 흘겼고 으르르 거리며 침을 모으더니 다시 한 번 그것을 뱉었다. 나는 아이가 한 번도 초콜릿을 먹어본 적이 없을지도 모른다는 데에 생각이 미쳤다. 그래서 태우던 담배를 테이블 위에 올려놓고 양손을 위로 쳐들었다.

"오케이, 아임 쏘리."

이 말을 하고 나는 오른손을 내려 가슴에 갖다 대었다.

"아임 쏘리⋯⋯."

눈을 떴다가 감았다가를 여러 차례 한 듯한데도 여전히 회반죽이 거칠게 발라진 내 방안이었다. 딱딱한 바닥 때문에 도드라진 뼈마디들이 욱신욱신하고 쑤셔왔다. 언니는 물질 나갈 때만 입는 검은색 준비복을 입고 문간에 앉아서 나를 바라보고 있었다. 눈가는 붉었고 입술은 말라서 군데군데 검게 터져 있었다. 언니가 현관문을 여닫으며 바깥의 동태를 살피러 나갈 때마다 문밖에서 거센 바람 소리가 났다.

우뭇가사리를 같이 걷으러 가겠다고, 나도 이제 어느 정도 물질을 할 수 있다고, 아니, 아이들이 모두 나는 정말 타고난 것 같다고 말했다며 준비해 놓은 해녀복과 잠망경을 들이밀었을 때, 언니는 천천히 그것들을 어루만졌었다. 물질을 준비하기 위해 몰려 있던 아주머니들이 한마디씩 참견할 셈으로 우리 주위로 몰려오고 있었다.

언니는 내 잠망경을 들어 바닷가 초입에 군락을 이룬 갯바위에 내동댕이쳤다. 플라스틱 잠망경은 가볍게 부서졌다. 모인 이들이 웅성거렸다. 언니가 내게서 등을 돌리고 지나가려 하자 사람들이 양 갈래로 흩어지며 길을 내주었다.

그날 저녁에 나는 열이 나기 시작했는데 밤늦게까지 바닷바람을 쐬었기 때문이었다. 앓는 중에도 꿈의 한 귀퉁이에는 짠 내 나는 바닷물이 넘실거리고 있었다. 물때를 기다리다가 한 번씩 나를 들여다보던 언니는 풍랑이 거세, 내리 이틀 동안 물질을 나갈 수 없었다. 물질 나가기를 포기한 언니는 내가 누워있는 방안에 들어와 앉았다.

언니는 내 얼굴을 쓰다듬으며 미안하다고 했다. 언니가 미안하다고 했던 것이, 내 심정을 상하게 한 것에 대한 사과였는지, 내가 앓음과 동시에 해녀신의 노여움이 더하여졌다고, 더더욱 나를 바다에 내어놓을 수 없음을 확신하게 되어서였는지 알 수 없었다.

어머니로부터 해녀의 자리를 물려받은 언니는, 물질을 곧잘 해 열일곱 되던 해부터 중군으로 벌이를 나가기 시작했다. 봄이 깊어지고 바다에 우뭇가사리 철이 오면, 잠수병으로 오래 집에 들어앉아 있던 해녀들도 테왁을 걸치고 비척대며 바닷가로 나섰다. 짧은 기간에 많은 이익을 볼 수 있는 철이었다. 엄마는 그런 우뭇가사리 철에 물숨을 먹고 죽었다. 백산호가 군락을 이룬 곳에서 오른손이 산호석에 낀 채 발견되었다. 전복을 보았을 거라고 언니는 말했다. 크고 두툼해서 신비로워 보이기까지 한 자연석 전복을 보았던 거라고.

오빠도 나처럼 도심지에서 대학교를 졸업했다. 그것 역시 언니의 바람이 컸다. 생물학과를 나와서 제약회사 영업사원이 되었다. 그 직업이 힘들다는 이야기는 익히 들어 알고 있었다. 가끔 만날 때면 흰 가운을 입지 않고서는 병원이란 곳은 갈 곳이 못 되는 곳이라며 했던 이야기를 하고 또 하고는 했다. 말수도 없고 숫기가 적은 오빠에게 그 직업은 맞지 않았다. 오빠는 2년을 못 채우고 회사를 관뒀다. 전직에 실패하고 고향으로 내려왔다. 고향 친구 중

많은 이들이 이미 머구리로 활동하고 있었다. 오빠는 허가를 받지 않아 자격이 되지 않았다. 잠시 잠깐만 할 생각이었고 불법으로 활동하는 머구리도 많았다.

공기통을 지고 바다에 들어가 해산물을 채집하는 머구리는, 많은 양을 채집할 수 있을지 몰라도 감압병에 걸릴 위험이 높았다. 물속 깊은 곳에서 상승하는 데 걸리는 속도는 수명의 속도와 직결되었다. 많은 물속 사람들이 이 속도를 지키지 않아 죽음에 가까이 가곤 했다. 물속에서 들이마신 산소를 아주 천천히 빼지 않고 물 밖으로 나오면, 산소 속 포함되어 있던 질소가 혈액에 녹아 쌓여 여러 가지 병증을 일으키기 마련이었다. 단층집을 이층으로 올리고, 마을 어귀의 땅을 한 평 두 평 사들이는 재미에 맛 들려 오빠는 주의 의무를 게을리했다. 탐욕을 부렸던 만큼 오빠의 병세는 첫 치료를 받기도 전에 이미 뿌리가 깊어 있었다.

"무엇을 믿는 게야! 보이는 대로 보고, 들리는 대로 듣는 게냐? 갈가마귀는 죽었어. 네가 사자의 수하쯤 되었다고 해야 할까? 그 눈! 네 눈! 그 눈이 네가 아는 누군가와 같다고 여겼던 거냐?"

취해 해먹에서 잠을 자고 있던 나를 노파가 흔들어 깨웠다. 노파의 손이 갈퀴처럼 내 양팔을 할퀴고 지나갔다. 나는 놀라서 깨어, 노파의 손을 뿌리치고 해먹 끝으로 옮겨 앉았다. 뒷머리에 테라스의 기둥이 닿는 것이 느껴졌다.

"무슨 소리예요?"

"왜 종을 흔들지 않았나? 보았으면 흔들라고 했던 이 종을!"

"갈가마귀라니. 누구를 말하는 거예요. 그 아이를⋯⋯."

노파는 손가락 끝으로 바닥에 뒹굴고 있는 동종을 가리키고 있었다. 눈을 부릅뜨며 네타사어로 일정한 운율이 느껴지는 주술을 외우기 시작했다. 노파의 몸에서 말린 풀을 태운 듯한 강한 향내가 났다.

'아이가 죽었다. 블루홀에서 처음 만났던 그 아이가.'

나는 자리에서 벌떡 일어서 뒤뜰로 향했다. 아이가 이곳에 온 목적이 되었을 그것을. 암갈색 토기의 뚜껑을 열었다. 역한 냄새가 훅 끼쳤다. 검게 부패한 물고기 시체들이 둥둥 떠다니고 있었다. 떨리는 손으로 썩은 물고기를 건져냈다. 처음이 어려웠을 뿐, 미끄덩한 그것들을 손으로 모두 쏟아내자 입을 벌린 조개들이 수십 개씩 나오기 시작했다. 팔뚝까지 넣어 손에 잡히는 대로 조개를 꺼냈다. 검고 탁한 바닷물에 들어 있다 나왔다고 믿기 어려울 정도로 알이 굵은 흑진주가 조개 속에서 빛을 발하고 있었다.

나는 토기를 발로 차서 깨뜨렸다. 물고기의 미끄덩한 사체와 껍데기가 삭거나 깨진 조개들 그 사이의 무지갯빛 진주들, 토기의 조각들 사이로 구정물이 흘러내렸다. 깨진 토기 뒤편에 비죽이 드러난 비닐봉지가 보였다. 나는 그것의 끄트머리를 집어올렸다. 드러난 것보다 더욱 깊이, 많은 것이 묻혀 있는지 비닐이 손끝에서 주욱하고 찢어졌다. 찢어진 틈새로 하얀 가루가 바람을 타고 흩날렸다. 그들 말로 하시시라고 불리는 마약 같았다. 몇 개의 토기를 발로 차 넘어뜨리자 드러난 뒤편에 누렇고 오래된 플라스틱 주사기들이 잡초처럼 꽂혀 있는 것이 보였다. 나는 무릎을 꿇고 토하기 시작했다. 어제 저녁 이후로 먹은 것이 없었다. 시큼하고 쓴 노란 위액이 연신 흘러나왔다.

쿵한 눈, 나이에 어울리지 않게 짙게 음영이 들어간 눈 밑, 초점이 풀린 눈빛, 앙상한 팔과 다리, 단 음식을 감각하지 못하는 입맛, 허옇게 마른 입술, 그 와중에 열에 들뜬 듯 보이던 두 뺨…… 영양실조의 전조라 생각했지 하시시의 후유증으로 연관 짓지 못했다. 많아야 열한 살이나 되었을까 싶은 나이였다. 아이 뒤로 내가 그린 그림은 지병이 있는 어머니와 돈을 벌러 떠난 아버지, 늘 배를 곯아 팔다리가 앙상한 동생들이었다. 노파가 떠올랐다. 노파의 성난 얼굴과 험상궂게 벌어진 두 입술이 떠올랐다.

나는 아이가 약에 취해 눕곤 했을 동그란 자리로 가서 주저앉았다. 배가 미친 듯이 뒤틀리고 아파지기 시작했다. 나는 두 무릎을 양팔로 끌어안고 무릎 사이로 고개를 들이밀었다. 뱃속을 갈퀴로 후벼 파는 통증에 몸과 마음을 내맡기는 것이 아닌, 더욱 강한 안온함에 대한 갈망으로, 무릎을 끌어안은 두 팔에 굳게 힘이 들어갔다.

쿤은 테라스에 앉아 있는 내게 고갯짓으로 인사를 건넸다. 푸드 컨테이너를 정리한 뒤 주문서의 물품과 수량 체크를 끝낸 쿤이 어딘가로 향했다. 한참 뒤 쿤은 더러워진 양손을 내밀며 내 앞에 나타났다.

"뒤에 있던 단지들, 당신이 치웠어요?"

나는 마시던 캔맥주를 테이블에 내려놓고 일어섰다. 손가락과 입술이 바들바들 떨려왔다.

"아니. 깨트리기는 했지만 치우진 않았어. 당신이 그런 건가? 아 이에게……. 마약을 팔았나?"

아이를 쫓아온 사내들이 이곳에 발을 들였을 때처럼 석양빛이 쿤의 뒤에 머물고 있었다. 쿤은 뜰의 한쪽에 있는 수돗가로 향한 뒤 펌프질을 하며 물을 길어 올리기 시작했다. 한 바가지의 물을 받은 그는 그것을 가져와 테이블 위에 올려놓고 조심스레 손을 씻었다.

"십 년 전쯤 이 마을에 하시시 배달 일을 하며 살아가는 아이가 있었어요. 조직의 두목은 어느 날부터 아이가 배달하던 라인의 하시시 양이 조금씩 비고 있다는 것을 알게 되었어요. 아이는 배달 일을 그만둘 수 없었어요. 무능한 부모 대신 부양해야 할 동생들이 있기 때문이었죠. 어느 날 두목은 아이 앞에 작은 주머니를 던졌어요."

'이 무게만큼의 하시시를 반납하라.'

"아이는 하시시를 구할 수도, 돈을 낼 수도 없었어요. 두목은 조직에 본보기를 보여야 했죠. 아이는 왼쪽 눈을 바쳤어요. 생눈을 도려낸 고통보다 마약을 끊은 후유증이 더 견디기 힘들었죠. 아이는 타는 듯한 갈증에서 당시에는 살아남았어요."

쿤은 다 씻은 양손을 바닥을 향해 털기 시작했다. 해가 저문 어둠 속에서 오직 쿤의 왼쪽 눈동자에서만 빛이 나고 있었다.

"이런, 이런. 아니에요. 뭐 별 상관은 없지만요. 어쨌든 왼쪽 애꾸가 된 사람은 우리 형이에요. 그때 형처럼 마약에 중독돼 있던 나는 약을 주지 않으려 하는 형을 두목에게 밀고했죠. 덕분에 나는 오른쪽 애꾸가 되었지만. 애꾸 형제라고 불릴 일은 없었어요. 형은 얼마 지나지 않아 땅에 묻혔으니까요. 우리 마을에 하시시를 하다 죽은 사람은 많아도 그것을 끊은 사람은 한 명밖에 없어요."

말을 마친 쿤은 입술을 옆으로 벌리더니 윗니로 자신의 아랫입술을 조심스레 긁어댔다. 그가 오른손을 들었다. 아주 천천히. 손가락이 미세하게 떨리고 있는 것이 느껴졌다.

"노파가 냄새를 맡은 게로군요."

쿤은 모자를 벗더니 쏟아진 그의 앞머리를 오른손으로 빗어 넘겼다. 머리를 빗어 넘기는 속도가 점차 빨라졌다. 그의 입꼬리가 점차 위로 올라가는 것이 보였다.

"아이의 죽음은 나도 유감이야. 화를 내려거든 이쯤에서 그만두지. 넌 타지에서 온 관광객일 뿐이야. 알았다고 한들 뭐가 달라졌겠나? 네가 할 수 있는 일이라고는 아무것도 없다는 것을 확인하는 것뿐이었을 텐데. 당장 내가 다음 약속한 시각에 이곳에 오지 않는다면? 내 껄렁한 친구들에게 네가 사는 이곳에 대해 지나가듯 말을 흘리기라도 한다면 말이지……."

슬쩍 미소를 짓는 쿤을 보자 양팔에 소름이 돋았다.

"걱정 마. 나는 너희 나라 네타사 공식 관광 사이트에도 등록된 꽤 인정받는 현지 가이드이기도 하니까 말이야."

내가 무슨 말인가를 하려 하자, 쿤은 두 손의 바닥을 내게 펴 보이며 그만하라는 듯한 제스처를 취했다.

"노파만 아니었다면 당신이 무엇을 알 수 있었겠어요, 사실."

그는 딱하다는 듯 쯧 소리를 내며 오른손 검지를 자신의 턱에 가져다 대고 두 번 두드렸다.

펜션을 떠나는 쿤에게 아이의 이름이 무엇인지 물었을 때, 쿤은 '미라지'라고 답했다. 시간이 지나면 그 일을 정말 자신이 겪었었는지 자문하게 될 날이 올 것이라고. 타국에서의 이런 경험이, 무료하고 퍽퍽한 삶을 살아가는 데 오히려 윤활유 같은 역할을 해 줄 것이라고. 마치 신기루처럼. 나는 그가 진심으로 다른 문제를 원치 않고 있다는 것을 깨달았다. 겪었으나 겪지 않은 것 같아 반추하게 된다……. 거기에서 오는 감정들도 더 이상 지금과는 같지 않을 것이었다.

쿤이 가고 나는 취해 해먹에 누웠다. 누운 몸은 그대로인데 머릿속이 어지럽게 엉키는 느낌이 들었다. 구토를 해야 했지만 이마저도 귀찮았다. 안에서 포화상태가 된 것들로 인해 신경이 더욱 예민해졌다. 뒤란에서 과일박쥐의 울음소리가 들렸다. 작은 벌레들이 사위를 지나가는 것이 느껴졌다. 쿤의 말이 맞았다. 할 수 있는 일은 없을 것이다. 늘 그렇듯 시체처럼 이렇게 누워있는 일밖에는.

테라스 옆 나무 아래 임시로 만들어 놓은 간이 빨랫줄에서 수트를 걷어 입었다. 입수 장비를 옆구리에 끼고 공기탱크를 멘 뒤 밤바다로 향했다. 해먹에 누워 눈을 감고 있자니 바닷속 하늘거리는 백송이 보였다. 익숙한 다이빙 지점을 찾아 낮은 바위로 올라가 롤백으로 입수했다. 자석이 서로 달라붙듯, 바다가 나를 끌어당기는 것 같았다. 귓전의 호흡기 소리를 들으며 하잠해 갔다. 빛을 피하는 바다 것들의 몸놀림이 부지런했다. 낮 바다에서는 보지 못하는 빨간색과 노란색의 사물들을, 랜턴 빛으로 비춰 보아가며 깊이 들어갔다.

막막한 블루홀에서 잠시 멈췄다. 한 번도 절실해 본 적이 없었다. 원하는 것 앞에서 진지하게 직진만을 생각해 본 적도 없었다. 언니가 바닷가에서 나를 떠밀었을 때도, 하얀 캔버스 앞에서 소진된 자신을 발견했을 때도 내 의지는 그곳에 없었다. 망막에 맺힌 눈물이 툭 하고 흘러내렸다.

뿌연 시야를 정리하느라 잠시 멈춰있는데 호흡기가 뻑뻑해졌다. 게이지를 살펴보니 수심 20미터에 잔압 50bar. 게이지 상으로는 정상이었다. 폐 속 공기를 모두 내뿜은 다음, 세차게 숨을 당겼으나 공기는 한 모금도 빨리지 않았다. 다리로 발길질을 하다 가만히 누운 자세로 해면 위를 주시했다. 몸이 점차 가라앉았다. 까마득한 어둠 속에서 숨소리만이 귓전을 가득 메웠다.

눈을 감았다. 바다 밑에서 누군가 나를 잡아 내리는 느낌이 들었다. 그리고 한 번, 물숨을 먹었다. 눈이 번쩍 뜨였다. 웨이트 벨트를 풀었다. 공기탱크와 장비들이 몸에서 떨어져 나갔다. 세찬 핀 킥으로 상승을 시작했다. 블루홀을 벗어나자 뜨는 힘을 느끼며 힘껏 해수면 위로 올라설 수 있었다. 휘파람 소리가 섞인 거친 숨소리, 숨비소리를 냈다. 십여 년 동안 잊고 있었던 그 소리를.

*

노파가 통짜로 두른 옷은 핏빛처럼 붉었다. 하양과 검정의 색을 교차하여 칠한 얼굴이 근엄해 보였다. 나는 노파가 주문을 외우며 우림의 초입을 에돌아 멀리 사라져가는 것을 지켜보았다. 펜션 지붕과 뒤란 오칸나무의 잎들을 뜯어내, 나무 막대기에 이어 붙여 불쏘시개를 만들었다. 착용한 다이버 수트 사이로 흐르는 땀이 느껴졌다. 라이터를 켜서 불을 붙이자, 휘발유를 발라 놓은 막대에 화르륵 불길이 일었다. 나는 그것을, 우림을 에워싼 나무를 향해 던졌다. 불길은 제 갈 길을 안다는 듯 직선으로 일어서 걷기 시작했다. 타닥타닥 나무가 타들어가는 소리가 점점 우림을 덮었다. 나는 발길을 돌려 바다로 향했다.

＊

라르손의 침대

라리사는 3층으로 향하는 계단 입구 외벽에 부착된 낡은 민트색 전화기의 수화기를 들어 올렸다. 왼쪽 귀에 수화기를 가져다 대면서 동시에 오른손 검지로 전화기의 긴 줄을 뱅뱅 꼬았다. 송신음이 웅 하고 들리자 심장박동이 조금씩 빨라지며 숨이 가빠왔다. 라리사는 머릿속으로 전화번호를 되뇐 뒤 선을 꼬고 있던 검지를 풀어 숫자 버튼을 눌렀다. 삑, 삑, 삑, 삑, 삑 ,삐-익 마지막 번호를 길게 누르고 손가락을 떼자 부드러운 수신음이 들리기 시작했다.

"여보… 세요?"

저음에 허스키한 여성의 목소리가 수화기를 통해 들렸다. 숨을 고르고 있던 라리사는 아무 말 없이 들고 있던 수화기를 제자리에 놓은 뒤 전화기 옆 벽에 등을 기대고 고개를 숙이며 한숨을 낮게 내쉬었다.

1층의 부엌 입구에 면한 식탁에 마주 앉아 얼그레이 티를 마시고 있던 라르손과 벨자는 2층에서 기척이 느껴지자 하던 일을 멈추고 서로의 얼굴을 바라보았다. 라르손은 찻잔을 막 들어 올리던 참이었고, 벨자는 찻잔을 앞에 둔 채 대바늘에 털실을 감아올리던 중이었다. 라리사가 수화기를 내려놓는 소리가 들리자 라르손은 머금고 있던 차를 삼켰다. 벨자는 눈을 내리깔며 다시 뜨개질을 시작했다.

"참, 현관 앞 철제 화단 말이에요. 거기에 담쟁이가 타고 올라오던데……."

"담쟁이니까 담을 타고 올라가겠지."

"그 방향이 말이에요. 바깥쪽으로 올라타야 보기에 좋을 텐데 하필 안쪽에 자리를 잡아서 올라오고 있더란 거죠."

"그래서 어떻게 하란 말이오. 당신은 꼭 말을 돌려 한단 말이지. 그냥 하고 싶은 말을 하면 될 텐데."

라르손이 미간을 찌푸리며 남아 있던 차를 입에 털어 넣으며 말했다.

벨자는 두 손가락으로 애써 감았던 뜨개의 네 코를 다시 풀어냈다.

"늘 그렇게 직설적으로 이야기를 해야 속이 시원한가요?"

"당신은 당신이 원하는 방식으로 내게 말하고, 나는 당신이 원하는 것을 내게 바로 말해달라고 하고. 언제까지 이런 식으로 대화해야 하는 거지?"

벨자는 자신이 풀어낸 테이블 위의 털실들을 바라보았다. 도톰하고 잔잔한 은빛의 빛을 띠는 네 가닥의 실을. 울이 많이 함유되어 있음에도 캐시미어처럼 부드럽고 따뜻한 촉감의 실로 짜인 이 뜨개감은, 올여름이면 한 가족이 되었을 작고 연약한 생명체를 위해 벨자가 특별히 준비한 거였다, 예정대로였다면.

"오늘 당신 무척 예민하군요. 라리사는 잘하고 있어요. 언젠가는……."

"언젠가는, 이라는 말은 참 편리한 부사어군. 아무 때나 갖다 붙여도, '언제라도' 좋을 말이니까."

라르손은 벌떡 일어나 잔과 받침을 들고 싱크대로 향했다.

"아니, 라르손. 당신 또 후회할 일을 만들지 말아요."

벨자가 라르손의 뒷모습을 바라보며 외쳤다.

받침에 얹은 잔이 덜컹거리도록 거칠게 걷던 라르손이 벨자의 말에 자리에서 멈칫하더니 한숨을 내쉬었다.

"그래. 미안해요……. 내가, 또, 잔을 깨트릴 뻔했군."

라르손은 한 손에 아주 무거운 것을 들고 있는 듯 천천히 그것을 개수대 안에 내려놓았다.

내일은 라리사의 23번째 생일이었다. 예년과 다름없었더라면 벨자와 라르손은 한 주 내내 라리사의 생일 주간으로 이 시기를 보냈을 터였다. 생일이 있는 주의 월요일엔 라리사와 함께 마을 송어 축제에 참여하고, 화요일엔 도심에 있는 블루밍데일 백화점에 가서 고급 원료로 만들어진 향초와 향수를 샀을 것이다. 수요일엔 앨리의 부티크에 가서 라리사의 몸에 딱 맞는 옷을 한 벌 맞추었을 터였다. 그것은 라리사가 성인이 되고 난 이후, 더 이상 키와 몸이 자라지 않고 일정한 부피와 질감을 가지고 완성된 형태로 이 세상을 살아가는 시기가 되고부터, 해마다 부모인 자신들이 라리사에게 주는 선물이었다. 지금까지 라리사는 유행을 타지 않는 디자인의 슈트 한 벌, 소재가 좋은 겨울 코트 한 벌, 칵테일 파티복 한 벌, 겨울에 열릴 파티를 위한 벨벳으로 제작된 머메이드 디자인의 드레스 한 벌을 선물 받았다. 맞춤옷은 기성복과 달라서 어떤 상황에서든 입기 편안했고, 먼 타지에 나가 있을 때도 라리사는 그녀의 엄격하면서도 다정한 부모를 떠올릴 수 있었다.

"음식은 올슨네에 이야기해서 모두 맞췄어요. 케이크만 빼고. 당신 특별히 드시고 싶은 것이 있나요? 정어리 바비큐라든가, 수란이라든가……. 올슨에게 이야기해 볼게요."

"얼마나 주문했소?"

"예년만큼, 사실 예년보다 조금 더 넘치게 했어요."

"쓸데없는 짓을 했군. 라리사의 친구들이 많이 오겠어? 이렇게 된 마당에……."

"라르손, 그렇지 않아요."

벨자가 입술을 꾹 다물고 라르손을 올려다보았다.

"라리사가 오늘 그것에 대해 전화로 이야기할 수 있을까?"

"쉽지 않겠지요."

"저렇게 굴 것을 왜 팔아가지고."

"애초 실마리를 제공한 것은 당신이잖아요. 상심한 라리사에게 그렇게 윽박지르며 힐난하는 게 아니었는데. 우리가 윌슨네에 앤틱장을 옮겨다 주는 사이에 라리사가 그것을 팔았잖아요. 당신과 다투지만 않았어도 라리사는 절대 그렇게 하지 않았을 거예요."

　처음 이곳에 도착했을 때 라르손의 옆집은 비어 있었다. 그 집은 로마네스크 양식의 지붕, 벽에 새겨진 섬세한 조각들로 정교한 손길이 간 외관에, 가드닝이 완벽하게 이루어진 훌륭한 저택이었지만 거주하고 있는 사람은 없었다. 주인들이 조금 전까지 살다가 훌쩍 떠난 인상을 주어 라르손과 벨자는 해가 뜰 무렵이면 창문 밖으로 이웃집을 건너다보곤 했다. 라르손은 동네 잡화점에 가서 잎담배를 사곤 했는데, 어느 날 가게 주인에게 이웃의 행방을 물었고, 주인은 그들이 앨리어랜드[1]로 갔다고 이야기해 주었다.

　앨리어랜드로 갔지요.

　그 말을 무심히 넘겼던 라르손은 몇 개월이 흐른 뒤에야 그 대답이 무엇을 의미하는지 알게 되었다. 마을의 오래된 도서관에서 마을 회람을 읽으며 알게 된 사실이었다. 게이 커플이었던 두 사람에게 무슨 일이 일어났는지……. 그리고 그 일이 있은 후 이곳에 일어난 변화들. 보수적이고 폐쇄적인 마을 사람들이 어떻게 라르손

─────────────
1　마을의 공동묘지 이름

과 벨자 같은 이들을 점차 공동체의 구성원으로 받아들이게 되었는지. 그들을 앨리어랜드로 보낸 것은 마을 사람들이었지만, 의도하지 않았던 것이었고, 의도하지 않은 그런 종류의 실수에는 자책과 연민이 따랐다.

그들은 앨리어랜드로 갔다…….

라르손은 어두운 밤, 작은 빛을 내는 집들 사이로 동공같이 캄캄한 그 저택을 바라보며 중얼거리고는 했다. 라르손이 한 달에 한 번 작은 마을을 벗어나 도심의 큰 병원으로 가서 호르몬제를 적극적으로 투여받고, 시술을 받게 된 것도 그 사실을 알게 되면서부터였다.

라르손은 수술 후 완전히 원하는 성별의 모습을 획득했음에도 강박적으로 호르몬제를 투여받았다. 어깨가 두꺼워지고 가슴과 턱에 잘 자라지 않던 털이 돋았다. 동시에 그는 먹는 음식의 양을 늘렸다. 벨자는 앤더슨의 가게에서 주말 아르바이트를 마치고 집에 돌아올 때마다, 미등만 켠 채 식탁 위에 놓여 있는 모든 것들을 먹어치우는 라르손을 볼 수 있었다. 한 달 사이 그의 몸무게는 20파운드가 늘었고, 허리는 4인치가 늘어나 32인치가 되었다. 울대뼈가 없다는 것을 제외하면 라르손은 마을의 길모퉁이를 돌면 어디서나 볼 수 있는 흔한 모습의 남자가 되었다. 그들은 검정 슬랙스를 입고 흰 셔츠에 회색 베스트를 걸친 채 가느다란 철제 안경을 끼고 있었다. 콧수염을 기르는 남자들이 많았지만 모두 그런 것은 아니었다. 라르손의 말투도 어느덧 바뀌어 갔다. 라르손은 그날 이후 벨자에게 다분히 고압적인 종결어미로 이야기하기 시작했다. 벨자 입장에서는 라르손의 변화를 지켜보는 것이 결코 쉬운 일은 아니었다. 허스키한 중저음과 경쾌한 컷의 헤어, 중성적인 매력이 있었던 라르손이 익명의 남자들과 같아지기 위해 해온 노력을 지켜보는 것이. 그렇지만 그렇게 해서 라르손의 불안과 걱정이 줄어들 수 있다면 벨자 자신은 얼마든지 감내할 수 있다고 생각했다. 그리고 그 모든 과정들이 라르손의 말이나 생각에 영향을 미치지 않을 수는 없었을 것이라고 벨자는 이해했다. 그럼에도 올슨네와 메리네 생각을 하면 침울해졌다. 그들은 오랜 시간을 거치며 서서히 벨자와 친밀해졌다. 라르손이 출근하고 난 뒤 라리사까지 학교에 가고 나면, 벨자는 올슨네에 가서 시급을 받고 음식 만드는 일을 도와주거나 메리네에 가서 뜨개질을 했다. 이웃사촌들은 라르손에 대해 정확히 알지 못했다. 올슨과 메리는 벨자 커플에 대해 알지 못하는 듯, 라르손을 걱정하고는 했다. 둘째를 가지지 않는 것에 대해 사심 없이 묻는 올슨을 보고 벨자는 라르손이 걱정할 만큼 자신들의 이야기가 회자되고 있지 않다는 것을 알았는데, 그렇다고 라르손에게 그 이야기를 할 수도, 올슨과 메리에게 자신들의 이야기를 할 수도 없었다.

라리사가 2층 베란다의 창문을 열었다. 명도 높은 바깥의 소리가 실내로 파고드는 소리, 그 소리 사이로 라리사는 수화기를 집어 들었다. 1층 탁자에 앉아 신문을 읽던 라르손은 조용히 티팟을 들어 올려 찻잔에 따뜻한 물을 따라 부은 뒤 말린 국화 몇 잎을 넣었다. 뜨거운 물에 담긴 국화잎에서 진한 즙액이 흘러나와 뭉근하게 퍼져나갔다. 라리사는 이번에도 아무 말 없이 수화기를 내려놓았다. 허공에 오른손을 들어 올린 채 기척에 귀를 기울이던 라르손은, 라리사가 자신의 방문을 닫는 소리가 들리자 탁자에 손을 내리며 한숨을 내쉬었다. 라르손은 일어나서 찻잔을 들고 테이블 전면에 있는 프로방스풍 찬장으로 다가갔다. 상부의 장을 열어 안쪽에 숨겨 두었던 은제 럼주 병을 꺼냈다. 마개를 돌려 열고 잔에 그것을 몇 방울 떨어트렸다. 럼주의 향이 채 번지기도 전에 라르손의 입안에는 침이 가득 고였다. 라르손은 럼주 병 입구 부분에 묻은 몇 방울의 술을 급하게 혀로 핥아낸 뒤 뚜껑을 닫고 제자리에 돌려놓았다. 찬장을 등진 채 그는 럼주가 담긴 국화차를 마셨다. 뜨거운 물에 휘발된 알코올의 향이 콧속 깊숙이 빨려 들어왔다. 늘 애가 타는 쪽은 자신이라는 생각이 들었다. 라르손은 주머니에 찔러 넣었던 왼손을 불끈 쥐었다.

앞마당에 빨간 경차가 모습을 드러냈다. 내일 있을 파티의 디저트를 사러 마트에 갔던 벨자가 돌아왔다. 펠트 모자를 벗고 벨벳 머플러를 목에서 풀어내며 벨자는 현관으로 들어섰다. 스윙 도어에서 챙그랑거리는 소리가 들렸다.

"라르손, 낮잠 좀 자지 않고요. 밤에 잠을 설치는 것 같던데."

의자에 앉은 라르손은 고개를 저으며 마지막 남은 차를 들이켰다.

"라리사는 여전히?"

"여전히……."

어깨에 멨던 에코백에서 누런 트레이싱 페이퍼로 둘둘 말아 놓은 바게트를 꺼내며 벨자는 고개를 저었다.

"사실, 미들턴 씨에게 며칠 전에 전화했었어요."

라르손이 찻잔 옆에 떨어진 국화차를 검지로 문질러 닦아내다 고개를 들어 벨자를 보고 물었다.

"지금 누구라고 했어?"

"당신 회사 상사요. 미들턴 씨. 그 내외가 우리 가라지 세일에 와서 인사도 나누었잖아요. 어쩜 그렇게 오랜 세월 동안 말 한마디 제대로 나누어보지 않게 된 것인지……. 미세스 미들턴은 그래도 회사 부하 직원 플리마켓이라고 손수 짠 올리브유를 유리병 가득 담아 선물로 가지고 왔지요. 부인의 안경알 두께가 너무 두꺼워 볼록한 두 눈이 조금 섬뜩해 보이긴 했지만요."

"그 피도 눈물도 없는 냉혈한에게 전화했단 말이지……."

"라르손……. 예전 당신이 라리사의 일로 3일간 연차를 신청했을 때 미들턴이 거절한 것 때문이라면……. 상사라면 충분히 그럴 수 있다고 생각해요. 성수기에 연이어 연차를 신청하면 곤란하지 않겠어요? 저라도 말이지요."

"당신은 그자가 얼마나 악독한지 몰라서 그런 말을 하는 거야.

흥, 그 인간이 퍽이나 헐값에 건진 그 침대를 다시 내어 주겠군. 내가 알기로 그 양반 취미는 목공이야. 그레이엄 알지 않소? 메리의 남편 말이야. 그치들과 어울려 그레이엄의 공방에서 매주 목공을 한다고. 그리고 그걸 만들며 자기들끼리 무어라 떠들겠어? 그 좋은 회양목 침대를 옳다구나, 하고 가져가서 무얼 만들지. 이리저리 해체해서 발받침 따위나 만들지 않으면 다행이지……."

"부인은 그렇게 말하지 않았어요. 내년이면 태어날 손주를 위해 사 간 거라고 했는걸요. 애초 당신이 그들과 충분히 소통했다면 일어나지 않았을 일들이에요. 라리사에게 그런 일이 있었는지조차 모르고 있던 분들이니까……."

"그것이 어떤 침대인데……. 내가 손수 주니어의 이니셜을 새겨 넣었었지. 태오……. Theo For Rarisa……. 이 땅에서 온전히 첫 세대로 뿌리내릴 소중한 손주 녀석이었어. 온전한 첫 이름이었지."

벨자는 허리를 꼿꼿이 폈다가 머리를 젖혀 아이보리 빛 천장을 바라보았다. 바게트를 내려놓은 오른손으로 자신의 뒷목을 주무르기 시작했다.

"나는 고향이 그리워요. 아무리 좋은 풍경이라고 할지라도 어릴 적 둘러싸여 자란 그곳을 대신할 수는 없어요."

"벨자 당신은 늘 그렇게 이야기하는군. 내게 그곳은 어머니의 자궁에서 지금 이곳을 연결해준 플랫폼 따위의 의미밖에는 없어. 정말 당신은 잊은 건가? 우리가 그곳에서 얼마나 힘들었는지? 제대로 된 삶을 살기 위해 죽기 살기로 이민 올 노력밖에 할 수 있는 것이라고는 아무것도 없었다는 것을. 정말 잊은 거야?"

"여기선 뭘 얻었는데요?"

라르손은 자신의 두 손을 식탁 바닥에 가만히 펼쳐 내려다보았다.

"여기는……."

"더 안전한 곳이라 생각했겠지만 착각이라고 생각하잖아요. 그래서 더 이상 어디로도 갈 생각을 하지 않은 거 아니에요? 어느 곳이나 다 우리에겐 똑같겠거니 생각하고 있는 거겠죠."

"이제야……. 직설적이 되는 건가?"

"지나온 세월이 힘들었다고 말하는 것이 아니에요. 하지만 라리사가……. 라리사는 잘못이 없잖아요. 그 애는 정말 힘들었을 거예요."

"라리사는 여기서 나고 자란 것이나 다름없잖소. 그곳에서는 절대 제대로 자랄 수 없었을 거라고."

"Asian."

벨자가 잊고 있는 것이 있다는 듯 조용한 목소리로 덧붙였다.

"지금 뭐라고 했어?"

"트랜스젠더 커플이라 수군대는 말은 고국에서보다 훨씬 덜 들었을지도 몰라요. 그렇지만 이곳에선 한 개의 수식어가 더 붙었잖아요. 아시안이라는. 그 단어가 우리에게는 별 영향력이 없을지 몰라도 라리사에겐 결코 그렇지 않았다는 것마저 부정하지는 말아요. 그리고 어려움 따위는 잊은 지 오래예요. 가족들과 직장 동료들이 모두 등을 돌렸지만, 우리는 이렇게 셋이 함께 있잖아요."

왼손으로 허리를 짚은 벨자가 일부러 몸을 돌려 라르손을 바라보았다. 라르손은 천천히 일어나 테이블 옆의 냉장고를 열었다. 음료 칸 유리병에는 그가 라리사와 9개월 전 함께 담갔던 담금주가 들어 있었다. 라리사는 체리를 좋아했고, 해마다 체리의 철이 오면 체리로 할 수 있는 모든 음식을 만들어 먹고는 했다. 라리사는 그들 약속의 결정체였고, 둘 삶의 공분모를 차지하는 것 이상의 의미를 지닌 존재였다. 이곳의 보통 부모들과는 달리 그들은 라리사의 삶에 많이 개입하고 관심을 갖는 편이었다. 그러나 라리사는 이제 이번 일로 그들 부모로부터 완전히 벗어나게 될 것이었고 그래야만 했다. 이 시간을 견디고 나면……. 벨자와 라르손 둘 모두 그 사실을 알고 있었다. 라르손은 한 손으로 그것을 궁굴려 본 뒤 병을 들어 자신의 눈앞으로 가까이 가져다 댔다. 유리병 속 체리주에는 미세하게 하얀 곰팡이가 슬어 라르손이 병을 굴리는 방향으로 흘러내리기 시작했다. 체리주가 최고의 맛을 낼 그 시점은 그와 벨자 그리고 라리사가 잃어버렸던 어떤 것, 그로 인해 겪을 수밖에 없었던 혹독한 시간들과 일치했다.

벨자(bellza) 인 더 벨자(bell jar), 벨 인 더 자, 자, 랭 더 벨, 언더 더 벨자, 인 더 더 벨자……. 라리사는 깨끗하게 씻은 체리의 꼭지를 엄지와 검지로 따내며 이 노래를 흥얼거리고는 했다. 열탕 소독을

해 줄지어 놓은 1리터짜리 유리병들 뒤로 오븐 앞에 서서 파이를 굽는 벨자의 뒷모습이 비쳤다. 볼록하게 등과 머리가 굴절된 벨자의 모습. 어릴 적부터 들어온 이국의 노래 가사를 라리사가 알 리 없지만, 멜로디에는 언어가 없으므로 라리사는 자주 그 멜로디에 가사를 붙여 노래했다.

"당신은 너무 남을 의식한다고요. 나는 당신이 부모로부터 물려받은 이름이든, 라르손 웨슨이든 솔직히 아무 상관없었어요. 당신만 신경 쓰지 않았더라면 우리 셋은 그곳에서 함께 살았을지도 모르지요……. 라르손으로 살아가는 지금에 이르기까지도 당신은 줄곧 남을 의식하죠. 내가 미들턴 씨에게 전화한 이유도 당신은 그가 당신의 상사이기 때문에 싫은 거겠죠. 라리사를 정말 걱정하는 것은 아닐지도 몰라요. 당신은 아니라고 할지 몰라도, 당신의 본심은 그럴지도 모르죠."

"벨자……. 진심으로 내가 라리사를 걱정하지 않는다고 말하는 거요?"

"그것보다는 라리사가 우선순위에 있지 않은 거라고 말하는 것이 좋겠군요."

"여기서 쏟아부은 내 노력이 무용하다는 말처럼 들리는군."

"아니오. 아니, 그렇지 않아요. 단지 맹목이라는 것을 말하고 싶었을 뿐이에요. 누가 아닌, 무엇을 위한 맹목인가. 그것이 궁금할 뿐이에요. 주위를 둘러봐요. 그들은 그렇게 적의를 가지고 있지 않아요.”

“우리 이웃사촌들은 앨리어랜드로 갔어.”

“그렇죠. 맞아요. 그들이 앨리어랜드로 갔기 때문에 우리는 이들과 이웃할 수 있었을지도 모르지요. 운이 좋았지요. 사실 그 운이 아니었다면 고국에서보다 우리는 더 비참했었을지도 모르는데…….”

“우리는 받아들여진 게 아니야. 그들은 풀이 죽었을 뿐이야.”

“체념일지도 모르죠. 하지만 적의를 숨기고 있는 것이 아니에요. 라르손, 벌써 20년이 넘게 흘렀다고요. 시대의 흐름은 바뀌었어요.”

“라리사가 상처를 받지 않았나? 그렇게 내가 조심하고 노력했는데도…….”

“조니는 그냥 멍청이일 뿐이에요. 걔는 우리 부부에게 아무 관심이 없어요. 그런 멍청이를 택한 것은 라리사의 실수구요. 그런 얼간이 때문에 라리사와 당신의 사이가 틀어진 것은 정말이지 슬픈 일이에요. 언젠가 둘 다 그럴 일이 아니었다는 것을 깨달을 날이 오겠지요.”

“그래서……. 미들턴이 뭐라고 하던가. 벌써 그 침대를 토막 내어놨다고 그렇게 말하지 않던가?”

“미시즈 미들턴은 매우 유감이라고 했어요. 하지만 돌려받고 싶다고는 말하지 못했어요. 그건……. 라리사의 몫이니까요. 그냥 장난 전화로 오인해 경찰에 신고할까 봐 언질을 주었을 뿐."

　라르손은 이십여 년 전 교통사고를 당했다. 교차로 횡단보도 신호에 걸려 정차하고 있던 그의 차를 뒤에서 누군가 들이받은 사고였다. 충격은 연쇄 추돌로 이어져 라르손 또한 앞차를 들이받았다. 시속 90여 킬로미터 속도의 충격을 받은 라르손의 두 다리는 골절되었다. 그는 기절했고, 깨어 보니 마을에서 가장 큰 헤리티지 병원의 중환자실이었다. 라르손이 눈을 떴을 때 침상 앞에 서 있던 이는 미들턴이었다. 미들턴은 약간 질린 표정으로—병실의 푸르스름한 형광등 탓일 수도 있지만 어쨌든 창백한 푸른빛을 띤 얼굴로—라르손을 내려다보고 있었다. 출근길에 당한 사고였고 사무실이 바로 병원 옆이었으므로 라르손의 상사였던 미들턴이 사태를 파악하러 온 것일 터였다. 상상할 수 있는 가장 최악의 방법으로 라르손은 아우팅 당했다고 여겼고, 그 뒤부터 그는 벨자와 라리사를 제외하고는 누구하고도 진심으로 소통하지 않게 되었다.

　애초 타인이나 다름없었던 그들은 타국에서 유학하며 알게 되었다. 둘은 처음 마음을 터놓게 된 이후부터 한 번도 떨어져 지낸 적이 없었다. 벨자는 처음에 자신이 여자를 좋아하게 되었다는 사실에 당황했지만, 사실 라르손은 한 번도 자신을 여성이라고 생각해본 적이 없었다. 그들은 유학을 끝낸 뒤 고국으로 돌아가 평범하게 생활하며 차곡차곡 계획을 실천해갔다. 가족과 이별하고, 돈을 모으고, 라르손은 수술을 받고, 행정적인 절차를 마쳤다. 결코 쉽지 않은 시간 속에서도 그들이 결정적으로 이민을 결심하게 된 것은 벨자가 임신한 사실을 알게 되면서부터였다. 너무도 바랐던 일이었지만, 라르손은 한 번의 행정적 절차로는 셋의 미래를 안심할 수 없다고 확신하게 됐다. 아이가 생기고 보니 더욱 그러한 확신이 들었다. 둘은 자신들이 처음 만났던 그 나라-그들에게는 상관없음에도 동성혼 자체가 벌써 오래전부터 합법인-로 이민을 결정했다. 23년 전 일이었다.

송어를 구워 데친 당근과 브로콜리를 얹은 뒤, 크림을 뿌려 마무리를 한 스튜를 벨자가 식탁 위에 내었다. 부엌의 작은 간이창 너머로 석양은 길게 빛 그림자를 드리우고 있었다. 테두리가 아일릿 무늬인 냅킨을 만지작거리며 라르손은 식탁의 비어 있는 한 자리를 바라보았다. 손이 타 반질반질한 의자의 등받이와 식탁 매트 위에 가지런히 놓여 있는 빛바랜 보랏빛 손잡이의 숟가락과 포크를.

"저녁은 숫제 먹질 않는군."

"자는 것 같아요."

그때 2층에서 문이 열리는 소리가 들렸다. 라르손은 반사적으로 의자에서 몸을 반쯤 일으켰다. 낡은 방문이 조심스레 닫히는 소리, 오래된 마룻바닥이 무게로 삐거덕거리는 것이 느껴졌다.

"들어봐야겠어."

라르손이 커다란 몸짓으로 조심히 걸음을 옮기기 시작했다.

"라르손, 그러다 라리사가 알기라도 하면……."

"미들턴이 무슨 악담을 퍼부을지 모르잖아. 애초 당신에게 예의를 차린 것과는 달리 말이야. 빌어먹을 말을 지껄여놓고, 몰랐다, 장난 전화인지 알았다고 한다면? 상처를 덧입힐 수야 없는 노릇이지."

라르손은 상기된 표정으로 식탁 기둥에 붙어 있는 아이보리색 수화기에 손을 뻗었다. 단지 조심스럽게 집어 올리면 되었다. 그와 벨자는 한 번도 딸아이의 통화를 엿들은 적이 없었다. 벨자는 초조한 듯 어깨를 잔뜩 움츠리고 있었다. 라르손은 수화기를 집어 들며 자기에게 다짐이라도 하듯 검지를 펴서 자신의 입술에 가져다 댔다. 수화기에선 신호음이 들리고 있었다. 라리사는 바짝 긴장한 채 전화기 옆에 붙어 서 있을 터였다.

"여보세요?"

미스터 미들턴이었다. 최악의 상황이라고, 라르손은 생각했다.

"흠……. 막 저녁을 들려던 참이었어요. 오늘 저녁은 특별히 뜨거울 때 먹으면 맛이 배가 되는 음식이지……."

미들턴은 멋쩍다는 듯 그런 말을 덧붙이고 나서 잠시 침묵했다. 라르손은 뒷목이 뻣뻣해지도록 긴장감을 느꼈다. 당장이라도 미들턴이 고함을 칠 것 같아 조마조마한 마음이었다.

"여보세요? 별수 없군. 들어봐요……. 나는 입사 이래 한 번도 지각을 한 적이 없었소. 계획되지 않은 휴가를 낸 적도 없고. 모든 것을 그런 식으로 처리했지. 모든 것을. 하지만 첫 아내 메리가 죽자 많은 것이 달라졌지. 내 키와 몸무게에 간이 해독할 수 있는 알코올의 최대 용량은 1리터예요. 34도 벨루산 21주년산으로는 이게 최대치지. 스트레이트 잔으로 딱 18잔이 나와요.

메리의 장례를 마친 주의 금요일, 퇴근하고 집으로 돌아온 나는 스트레이트 잔을 찾기 시작했지. 커튼을 쳐 놓은 부엌 창 너머 달빛에 의지해 술을 마시고는 했다오. 그렇게 열여덟 잔을 마시면 주말 내내 나는 미동도 할 수 없었어요. 하지만 일요일 저녁이면 어김없이 정신이 들었지. 폐허 같았지. 몸과 마음이. 그런데 우습게도 그럴 때면 다시 정리할 마음이 들더군. 씻고 청소하고 식사도 하고 멀리 떨어져 사는 딸에게 전화도 했다오. 그러는 시간 동안 나는 많은 위안을 받았소. 여름에서 가을로 넘어가던 어느 날, 한 잔을 더 마셨지. 열아홉 잔. 나는 그 주 일요일에 일어날 수 없었소. 깨어보니 월요일 점심 나절 병원 병실이더군. 의사가 그랬소. 이런 운은 두 번은 오지 않을 것이라고. 마음이 힘들 때마다 그 한 잔을 생각한다오. 그 한 잔을 위한 열여덟 잔을 생각한다오. 한 잔을 더 마실 것인가? 선택은 어렵지 않았소. 한 잔. 한 잔을 생각하면 쉬워요. 그러니 소리 내어 말해 보시오. 미들턴 씨라고……."

라르손은 조용히 수화기를 내려놓았다. 벨자는 무엇인가를 더 알고 싶어 했지만 라르손은 설명할 수 없었다. 벨자는 멍한 표정인 라르손의 왼손 손등 위에 자신의 손을 포개 올렸고 고개를 끄덕이며 그를 다독여주었다.

그것을 무엇이라고 이야기할 수 있을까. 라르손은 스스로 곱씹어야 할 무언가가 더 있다고 생각했다. 분명 호의가 담보된 제언임은 틀림없었다. 담보된 호의 이전에 더 있는 것은 무엇인가. 라르손은 식사를 마친 뒤 벨자가 설거지를 할 동안 럼주 두 잔을 몰래 마시고, 샤워와 양치를 천천히 한 뒤 녹색 체크무늬 플란넬 잠옷으로 갈아입고 잠자리에 들었다. 침실로 돌아온 벨자는 작은 독서등을 켜고 책을 읽기 시작했다. 벨자의 독서등 불빛을 피해 옆으로 돌아 누운 라르손은 오른 손바닥으로 자신의 얼굴을 받치고 다시 생각에 잠겼다. 오랜 시간 걸쳐 그에게 눌어붙어 있던 감정들에 대해.

토요일 아침이 밝았다. 벨자는 라르손이 깨지 않도록 침대 모서리의 기둥을 잡고 조심히 일어나 분홍색 수면 가운을 걸친 채 침실 밖으로 나섰다. 5월의 해는 일찍 뜨기 때문에 햇살은 작은 정원에 이미 가득 차 있었다. 벨자는 청록색 머그컵에 커피를 따라 한 모금 마시기 시작했다. 벨자는 진저와 시나몬이 베이스로 믹스된 호두 케이크와 스트로베리 향이 가미된 다크 초콜릿을 중탕해 초콜릿 케이크를 만들 작정이었다. 두 개의 커다란 케이크만 구워내고 미리 준비해둔 음식을 세팅하기만 하면 파티 테이블 음식 차림은 그럴 듯해 보일 터였다. 그에 맞게 꽃 장식을 어떻게 할 것인지 벨자는 머릿속으로 곰곰 생각해 보았다. 라리사는 은방울꽃을 좋아했으므로 테이블 중앙에 놓일 큰 화병에 은방울꽃과 백합을 꽂고, 사람들 사이 곳곳에는 손가락 두 마디 길이의 보라색 제비꽃을 꽂은 작은 화병을 놓아두면 될 것 같았다. 벨자가 테이블 차림을 머리에 그려보며 정원에 시선을 고정한 채 한 손으로 막 턱을 짚었을 때, 라리사가 벨자의 오른 어깨를 손으로 짚으며 그녀 옆에 다가와 앉았다.

"사랑스러운 스윗 허니."

벨자는 라리사의 코끝에 입술을 가져다 대고 말했다. 라리사의 체취- 가벼운 샤워코롱 향, 따스함이 깃든 희미한 땀 냄새, 파우더 입자의 향, 벨자가 직접 짠 오래된 뜨개 이불의 냄새가 한꺼번에 밀려왔다.

"아빠는?"

"일어나신 것 같아요. 큼큼거리는 소리가 들렸거든요."

비염이 있는 라르손은 환절기 아침이면 목을 가다듬느라 그런 소리를 내곤 했다. 벨자는 두 손으로 라리사의 볼을 가볍게 쓸어내린 뒤 일어나 부엌으로 향했다.

"둥굴레차를 준비해야겠구나."

라리사는 벨자가 한동안 앉아 있어 따뜻하게 데워진 의자에 옮겨 앉아 정원을 바라보았다. 그때 현관문 벨소리가 청명하게 울렸다. 풍경소리와도 꼭 같은, 그것은 라르손이 유일하게 고국에서 가져온 물건이었다.

벨자와 라리사는 동시에 현관문을 바라보았다.

"누구세요."

침실에서 파란 수면 가운을 여미며 라르손이 달려 나왔다. 확실히 손님이 오기엔 너무 이른 시간이었다.

"윈드 씨 가게의 배달사원입니다."

벨자는 시선을 현관 쪽에 고정한 채 티팟을 들어 티백이 담긴 머그컵에 따뜻한 물을 가득 따랐다.

"이 이른 시간에 무슨 일이지?"

오래된 스윙 도어가 삐걱거리고 열리며 바깥의 흙내음을 실어 날랐다.

커다란 현관문 때문에 라르손과 배달원 두 사람은 더 이상 보이지 않았다. 벨자는 머그컵을 들고 라리사에게 향했다. 라리사는 벨자가 마시다 남긴 컵을 두 손으로 감싸 쥔 채 멍하니 풍경을 응시하고 있었다. 라르손이 커다란 상자를 안아 거실 테이블 옆에 내려놓았다.

"꽤 무겁군. 미들턴에게서 온 것이야."

벨자와 라리사는 라르손을 바라보았다. 벨자가 일어나 상자로 다가갔다.

"내가 뭐라 그랬어. 순순히 돌려주지 않을 거라고 했지 않아?"

"그럼 이건 뭔가요?"

"설마 이 상자 속 물건을 침대라고 생각하는 것은 아니겠지. 침대라면 어림도 없어. 우리 둘이 들어도 못 들 것이 바로 그 침대지. 내가 얼마나 단단하고 묵직한 회양목 나무를 쓴 줄 알아?"

 "내 사무실 책상 위 물건들일지도 모르지, 해고 장과 함께. 당신 키만 하군."

 라르손은 작은 서랍장의 서랍에서 제도용 칼을 꺼내 상자의 테 이핑 부분을 잘라내었다. 종이를 북북 찢어내는 소리가 들리자 정 원을 바라보고 있던 라리사가 라르손과 벨자에게 시선을 돌렸다. 상자 두 짝의 날개를 라르손이 열어젖혔다. 라르손은 얼굴이 붉어 진 채로 상자 속 물건을 꺼내기 시작했다. 그것은 깊이 들어 있었 고 너무도 무거워서 바로 꺼낼 수 없었다. 라르손은 그것의 등받이 를 자신의 등에 맞대고 두 손을 돌려 잡아끌어 올리기 시작했다. 라르손의 기합 소리와 함께 그것은 모양을 드러냈다. 라르손이 거 실의 중앙에 그것을 내려놓았을 때, 벨자는 다리에 힘이 풀려 그 앞에 주저앉았다. 라리사가 들고 있던 청록색 머그컵을 떨어트렸 다. 떨어진 컵에서 흘러나온 커피가 카펫 위에 점점이 번져갔다.

 "라르손. 그런데 이건……."

 그것은 하얀 의자였다. 벨자가 가까이 다가가 엉덩이가 닿는 부 위를 손으로 쓸어내리기 시작했다. 팔걸이 부분은 부드러운 곡선 으로 이루어져 있었다. 곡선은 제도하기 힘들다고 잎담배를 연신 뱉어내며 투덜대던 목수 짐머의 목소리가 들리는 것 같았다. 몸체 전체는 하얀색이었다. 아이보리 빛이 투영된 하얀색이었다. 라르손이 친환경 제품을 주로 취급하는 도심의 페인트 가게까지 두 시간 거리를, 그의 낡은 웨건을 몰아 사가지고 온 오묘한 그 색과 같았다. 그럼에도 페인트칠이 완전히 마를 때까지 7개월의 임신부였던 라리사는 먼발치에서 바라만 보아야 했었다. 둥그런 곡선이 끝나는 지점에 라르손이 새겨 놓은 문구가 보였다. 벨자가 그것을 유심히 살피기 시작했다.

"라르손, 이걸 봐요."

라르손은 수면 가운 윗주머니에 꽂아 놓은 작은 돋보기안경을 꺼내 썼다.

"Theodore² For Rarisa······.

"Theo옆에 dore를······ 새겨 넣었군."

"완벽해졌어요."

벨자가 글자를 쓰다듬으며 감탄했다. 라리사가 바닥에 뒹구는 컵을 줍는 것도 잊은 채 벨자에게 다가왔다.

벨자가 의자에 앉아 라리사의 손을 이끌었다. 두 사람이 앉아도 될 정도로 자리는 넉넉했다. 푹신하고 쨍한 파랑의 색, 이곳 작은 마을에 면한 바닷가의 파도를 떠올리게 해주는 그 색감의 쿠션을 만들어 여기에 깔면, 더없는 편안함과 안락함을 줄 것이라 벨자는 생각했다. 벨자가 라리사의 어깨를 감싸 안았다. 그리고 라리사의 눈가를 다른 한 손으로 훔쳐 내었다. 라리사가 두 팔을 벌려 벨자

2　'신의 선물'이라는 뜻

를 껴안았다. 그 일이 있고 난 뒤로, 최초의 능동적인 포옹이었다. 얼굴이 여전히 붉은 빛인 라르손이 모녀에게 다가와 섰다. 라르손은 손을 벌려 두 여자를 뒤에서 감싸 안았다. 그것은 마치, 22년 전 벨자와 라르손, 그리고 아주 작은 아기였던 라리사가 안델슨 씨의 주택에 처음 세 들어, 얼마 안 되는 세간을 꾸리고 첫날밤을 맞이했던 풍경과도 같았다. 이 의자가 그 장면을 환기해 주었다. 라르손은 지난밤부터 서늘하게 느꼈던 그 감정이 무엇이었는지 이제 정확히 깨달을 수 있었다. 셋은 손상되었던 가슴 속 어딘가의 골이 충만하게 차오르는 것을 느꼈다. 누웠던 희망은 이제 자리에서 일어나 이 의자에 앉았다. 이 의자는 일종의 초대장인 셈이었다. 의자에서 방금 막 목재를 재단했을 때 나는 회양목의 냄새가 물씬 풍겼다. 그 향은 습습한 바람이 불어오는 젖은 이끼의 숲, 휘태커 숲을 지날 때 맡을 수 있는 냄새와 같았다. 이 나무는 그 숲에서 왔다. 인생의 어느 한 극점을 지나는 순간. 오늘 있을 파티는 그 순간을 위한 자리가 될 것이라고 라르손은 생각했다.

유산한 여성으로부터 구매한 아기 침대를 의자로 다시 만들어 선물한 노부부의 이야기는 유튜브에서 참조하였습니다.

*

유빙이 녹기까지

고향 집 작은방 책상 아래 대충 쑤셔 박아 넣어 두었던 스케이트 가방을 둘러메고 밖으로 나섰다. 집 앞 정류장에서 마을버스를 타고 세 정거장만 가면 바닷가였다. 목적지에 내리니 바닷바람이 거셌다. 무겁고 축축하고 비릿한 바닷바람이 얼굴을 감쌌다. 지평선 아래 검은 파도가 하얀 포말을 만들어가며 테트라포드가 쌓인 해안을 넘실거렸다. 바닷가 안쪽으로 시선을 돌렸다. 해안가 즐비한 횟집들 앞으로 목적지인 아이스링크가 보였다.

　모래사장에 설치된 아이스링크는 우스꽝스러웠다. 일부 정치인들이 혹한의 비수기에 대비해 지역 주민들에게 자신의 면을 세울 방안 같은 것을 야심차게 계획한 결과물이 저 아이스링크였다. 내가 알아본 바로는 그랬다. '같은 것'이라는 단어가 말해 주듯 논리적으로 보이는 계획과는 달리 결과는 허술할 수밖에 없었다. 애초 모래사장에 파라솔이나 제대로 세울 수 있으면 다행이지 아이스 링크라니. 혁신적이고 창의적인 아이디어 같았지만 그 이면에는 허점이 많았다. 일단 예산이 받쳐주지 못했다는 것. 축대를 세우고 시멘트와 철봉으로 골재를 이루는 제대로 된 아이스링크야 기대하기 힘들었다고 쳐도, 합판을 누덕누덕 기워 근방 초등학교 간이 운동장만 한 나무 원판을 바닥에 깔고 아이스링크를 만든 뒤 대형 폴리 천을 천막처럼 빙 둘러 쌓아 놓은 링크장은, 그 안에 제대로 된 링크장이 있을 것이라 누구나 상상하기 힘들었다. 온몸으로 링크장이 아니라는 것을 '뿜뿜'해주는 그런 디자인이었다. 아니, 애초 디자이너는 없었을 것이고. 아주 멀리서 보면 펄럭이는 천막 커튼 때문에 거대한 샤워장처럼 보이기도 했다. 모래사장에 어울리는 것은 역시 아이스링크보다는 샤워장인 것이니까. 한가지 다행이랄 수 있는 점은, 그들의 의도는 불순했을지 몰라도 빙상의 구성 성분은 순수한 물이라는 것이었다. 비록 입구 근처에서부터 본격 트랙이 시작되기 전까지인 삼 분의 일에 걸쳐진 것이긴 하지만.

나는 어깨에서 자꾸 미끄러져 내려오는 스케이트 가방을 고쳐 메며 그 샤워장에, 아니 아이스링크 입구 앞에 섰다. 유리로 된 출입문 위에 A4 용지 크기만 한 공고문이 붙어 있었는데, 공고문에는 기존 일정보다 보름 앞당겨진 날짜가 폐장일로 명시되어 있었다. 사유란에는 이런 글귀가 적혀 있었다. '빙질 상태를 파악한

190

결과, 모두 녹는 데 약 보름간의 기간이 소요될 것으로 예상하므로…' 나는 거센 바닷바람이 불어오는 바닷가에 동그마니 남겨질 거대한 원형 빙판의 이미지를 떠올려보았다. 이 샤워장 커튼을 걷어내도 빙질의 상태상 아이스링크가 자연적으로 용해되는 데 2주가 걸릴 것이라고 예상한다는 거였다.

나는 미닫이문의 철제 손잡이를 붙들고 안으로 들어섰다. 차가운 느낌이 손에 감겼다. 두꺼운 베니어합판을 댄 바닥은, 딛는 이의 무게를 바로 반동으로 돌려주므로 허술하게 느껴졌다. 매표소 근처 철제 기둥 옆으로 한 무리의 사람들이 빙 둘러서서 이야기를 나누고 있었다. 4, 50대의 장년들로 남녀가 한데 모여 있었다. 스케이트 동호회라도 되는 것일까. 그러기에는 동호회 특유의 활기찬 분위기가 느껴지지 않았다. 스케이트를 배우러 온 아이들의 부모 모임일까. 그것이 아무래도 추측에 대한 정답에 가까워 보였다. 실내를 한번 둘러본 뒤 컨테이너 부스로 구획이 나누어진 간이 매표소로 티케팅을 하기 위해 찾아갔다. 매표소 옆에는 가로세로 1미터 부피로 염화칼슘이라고 쓰인 누런 포대들이 차곡차곡 쌓여 있었다. 컨테이너 부스 앞에 서서 상반신을 낮춰 동그란 창 안을 들여다보니 고등학생쯤으로 보이는 남학생이 등받이 없는 의자에 앉아 사발면 속 라면을 막 퍼 올리려 하고 있었다. 젓가락 새에 걸린 면발에서 더운 김이 났다. 남학생의 안경알이 뿌옇게 흐려졌다. 그가 입안에 그것을 퍼 넣기 전에 용건을 말해야 할 것 같았다.

저기요. 죄송한데. 입장권 좀.

학생은 벌렸던 입술을 다물고 들고 있던 젓가락과 사발면을 놓더니 내가 서 있는 쪽으로 다가왔다. 두 시간 기준 도민이면 삼천 원, 외지인이면 오천 원이라고 했다.

그런데 여기 정말 2주 후에 폐장인가요?

예? 아, 공고문에는 그렇게 나와 있는데, 아직 정확하지는 않습니다. 정확한 것은 최소 2주 동안은 운영한다는 것이고…….

학생은 말끝을 흐리더니 내 손에서 만 원을 받아 현대식으로 보이는데도 철컹 소리가 나는 금고를 열어 잔돈을 거슬러줬다. 오천 원을 내밂과 동시에 그는 창 쪽으로 몸을 내밀어 오른손으로 링크 입구를 가리켰다.

저쪽으로 입장하시면 됩니다.

나는 깍듯한 그의 태도에 짐짓 뒤로 물러섰다가 네, 고맙습니다 하고 묵례했다. 김 서림이 가신 왼쪽 안경알 너머로 웃음 짓는 작은 눈이 보였다. 두터운 pvc박스 커튼을 열고 들어가 본 링크는 규모가 꽤 컸다. 샤워를 한다면 대중탕일 온탕, 냉탕의 크기를 제하고도 약 한 평가량의 샤워부스가 100여 개는 들어가고도 남을 크기였다. 나는 그곳에서 강사일 것 같은 이를 눈으로 훑어 찾아보았다. 벤치 파카와 헬멧, 전문가용 스케이트를 착용한 이가 강사일 가능성이 클 터였다. 하지만 그렇게 중무장을 한 이는 아무도 없었다. 엉거주춤한 자세지만 사뭇 진지한 표정으로 트랙을 따라 활주하는 남자 스피드 스케이터와 화이트 잭슨 피겨 위로 핑크 컬러의 토슈를 씌운 귀여운 어린 여자아이와 아이의 엄마. 누가 봐도 커플로 보이는 남녀 네 쌍의 무리.

사람들의 움직임을 한창 살피고 있을 때 링크로 들어서는 이가 있었다. 단발머리 여자가 손뼉을 짝짝 쳐대며 모녀에게 다가갔다. 헬멧은 손에 쥔 채, 낡은 검정 가죽 스케이트화에 우레탄 소재로 된 특징 없는 방한복을 위아래로 입고 있었다. 여자는 헬멧을 쓰며 아이에게 무언가를 지시했다. 강사인 '안'이었다. 홈페이지에서 안의 프로필을 이미 훑어본 터라 나는 곧장 여자에게 다가갔다.

잘하지는 못해도 스케이트를 탈 수는 있고요. 점프를 배우고 싶습니다. 세계 탑 랭커들의 스페셜한 트리플 악셀 같은 그런 점프를요.

무엇을 배우고 싶냐는 안의 질문에 나는 짐짓 과장을 섞어 대답했다.

에… 그러니까. 그것은 어렵겠는걸요.

네? 왜죠?

가장 쉬운 기술이 뭔지 아세요? 스핀이에요. 스핀 같은 거 그거 한 개 제대로 해내는 데도 기본 일주일이 걸린답니다.

안이 눈을 흡뜨더니 말을 이었다.

그것도 직진 활주, 후진 활주, 항아리 동작 같은 기본 단계를 마스타한 이후의 일이에요.

트리플 악셀 점프는 스핀을 모두 마스터 한 다음, 점프 단계에 들어가서도 다섯 번째 순번으로 배우는 기술이고요. 무슨 뜻인지 아시죠?

그렇게 꼭꼭 설명해 주었음에도 내가 아연한 표정을 짓자 안이 말했다.

그러니까 트리플 악셀은… 뒤로 타다가 왼발을 전방으로 하고 뛰어오른 다음에 미친 듯이 세 바퀴 반을 돌면서 깃털처럼 날아야 해요. 여기까지 이해했죠? 그러다가 반대 발 스케이트 날 바깥으로 착지해야 합니다. 이 말인즉슨. 세 바퀴하고도 반 바퀴를 더 돌아야 한다는 거죠.

제가 어릴 적에 여섯 살부터 열 살 때까지 피겨를 배웠었거든요.

그래서, 그때 점프를 마스터했었나요?

아니요. 살코 점프 같은 것은 배웠던 것 같은데. 집안 사정으로 그만두게 되었어요.

결국, 그때 못한 거지요?

네 못했습니다. 못했어요.

그때 못한 것을 이미 닫힌 성장판과 체지방이 월등한 성인의 몸으로 할 수 있겠어요? 더더군다나 2주 안에 마스터한다는 것은 어불성설이에요. 그때 못했으면 지금도 못 합니다.

못한다고요?

그렇습니다. 그때 안 되면 지금도 안 됩니다.

아빠는 산림청 직원이었다. 대학에서 산림자원학과를 전공한 아빠는 임업직 공무원 시험을 치렀고, 재수 끝에 30세 되던 해 시험에 합격할 수 있었다. 아빠는 고향 근처 소도시 지부 산림청 직원으로 십여 년 근무하다가 그새 이룬 일가를 이끌고 고향으로 돌아와 십수 년을 더 근무했다.

성인이 되어 서울에서 대학을 졸업하고 회사에 다니던 나는, 그해 어버이날 즈음에 맞춰 고향을 찾았다. 아빠와 나는 돌아가신 엄마와 함께 셋이 가곤 했던 임이네 돼지국밥집에 가서 밥을 먹었다. 고향에 도착한 날이면 역으로 마중 나온 아빠와 내가 늘 치르던 수순 같은 거였다. 맑은 돼지국밥 뚝배기가 꽃무늬 바랜 철제 쟁반에서 찰강 소리와 함께 내 앞에 놓였을 때, 나는 비로소 집에 온 것 같은 기분이 들고는 했다.

그날, 비릿한 한 김이 코끝을 자극하는 내내 아빠는 말이 없었다. 나이에 비해 담백하고 말간 편이었던 아빠의 얼굴도 그은 듯 보였고, 못 보던 주름이 이마에 깊게 팬 느낌이 들었다.

근간에 불났었나?

아빠는 입을 벌린 채 다대기를 뜬 작은 숟가락을 들어 올리다 말고 나를 바라보았다.

불이라니. 물이 났지. 물이 났어…….

아빠는 불이든 물이든 큰 사고가 나면 '났다'라는 표현을 썼다. 몇 주 전 그곳에서 배가 난파되는 사고가 일어났다는 것을 알고 있었다. 아빠는 개인 컴퓨터로도 고향 곳곳에 설치된 CCTV를 이용하여 시 외곽의 산들과 바다를 볼 수 있었다. 미리 보아 경계하는 것은 아빠의 일 중 하나였다. 하지만 아빠가 직접 나서서 할 수 있는 일이란 산과 숲과 관련된 것이었다. 아빠는 종종 해상사고를 목격하기도 했지만 어떤 것도 할 수 없었다. 해상은 다른 부서와 관련된 일이었으니까. 그런데 그 사고는 조금 달랐다. 사고라기보다는 사건에 가까웠으므로. 아빠는 몇 주를 그곳에서 벗어나지 못했을 것이었다.

나는 그날 아빠의 얼굴을 바라보다 아빠가 내려놓은 티스푼의 다대기를 우리들의 뚝배기에 풀었다. 두 숟가락 반씩. 팔을 크게 휘두르며 후추도 술술 뿌렸다. 사이다 맛이 시원스레 나는 깍두기에 달달하게 잘 절인 양파 장아찌 같은 곁들이를 했음에도 아빠와 나는 뚝배기의 절반도 채 넘기지 못했다. 집으로 돌아와 맥주와 마른안주, 치킨을 마시고 먹고 어버이날이었던 다음 날에는 집 근처 호수 뷰가 꽤 괜찮은 레스토랑에서 스테이크도 먹었지만, 아빠와의 마지막 식사로 내 기억에 생생하게 남은 순간은 임이네 돼지국밥집에서의 시간이었다. 상실로 인한 심상함을 무방비하게 표현할 수밖에 없었던 최초의 아빠 표정이 오래도록 기억에서 반복 재생되었다. 나는 그날 이후 몇 번이고 아빠에게 내가 사는 이곳으로 전원 신청서를 낼 것을 부탁했다. 아빠는 절대 응하지 않았다. 단한 번이라도 '신청은 해 보마'라고, 빈말조차 해주지 않았다.

그로부터 1년 뒤, 아빠는 호수에서 숨진 채 발견되었다. 늦봄 산불화재가 발생한 날이었다. 등산객의 담배꽁초가 원인이 되어 발화한 산불이 점차 번졌다. 화재는 처음엔 커질 것 같지 않았다. 지부 점검을 나갔다가 화재 현장 근처에 있던 아빠도 산림피해를 최소화하기 위해 발화지점 근방에서 머무르고 있었다. 그러나 봄바람을 타고 화마가 밀고 들어왔고, 순식간에 그것은 세를 넓혀갔다.

예전에 아빠는 내게 '불은 영리하다'라고 했다. 가까이서 보면 살아 숨 쉬는 것도 같다고 손을 뿌리치듯 화재 현장을 빠져나와야 한다고도 했다. 그랬던 아빠가 그 순간 제대로 된 판단을 내리지 못했다. 아빠가 허방을 디디게 한 것은 무엇이었을까. 나는 내 기억에 남아 있는 아빠의 마지막 얼굴을 그 현장 한가운데 놓고 떠올려보고는 했다. 화재는 진압되었고 재산피해는 오천만 원, 인명피해는 사망 한 명으로 추산되었다. 그 한 명이 바로 아빠였다. 아빠의 직접적인 사인은 화상도 질식사도 아니었다. 무엇에 걸려 넘어졌는지는 모르지만, 아빠는 뇌진탕으로 목숨을 잃었다. 넘어졌고 굴렀는데 하필 호수에 빠진 것이었다. 부검 결과 아빠는 호수에 빠지기 전에 이미 숨이 끊어졌다고 했다. 그 증거로 위와 폐가 깨끗하다고 했다. 죽음의 순간이 점진적이지 않았을 것이라는 점에서, 아빠의 시신이 불에 타지 않을 수 있었다는 점에서, 물에 빠진 것이

다행이라고 생각할 수 있었던 것은 시간이 한참 더 흐른 뒤였다.

 강사인 안의 '2주 이내의 점프는 불가능하다'는 말에도 나는 매일 아이스링크에 나와 스케이트를 탔다. 처음 3일은 익숙하지 않은 탓으로 세 시간을 채우지 못했고, 3일째 되는 날에는 발뒤꿈치가 까져서 피가 맺혀 있었다. 스케이트를 탄 뒤 벤치에 앉아 있을 때면 뻣뻣해진 팔다리가 쑤셔왔다. 발뒤꿈치에 맺힌 피도, 욱신거리는 팔다리에도 별 감정이 일지 않았다. 나는 한기에 격심한 요의로 더는 소변을 참을 수 없을 때까지 벤치에 앉아 링크를 타는 이들의 모습을 바라보았다. 하나의 기술을 완전히 익힐 때까지 사람들의 표정과 몸짓은 힘겨워 보였다. 고통이 묻어나긴 하지만 고통의 이유는 정작 단순했으므로 그런 몸짓들을 구경하는 것이 좋았다. 구경 끝에는 화장실에 들른 뒤 집으로 향했다. 집안의 불을 모두 끄고 누워있을 때면 방안의 따뜻한 절대 온도에도 불구하고 한기가 느껴졌다. 추위가 몸속 깊이 고여 있어 한동안 차가운 입김이 나는 것 같았다. 그럼에도 마음은 몸과 같이 호들갑을 떨지 않았다. 그런 낙차 속에서 나는 서울에서와 달리 수면에 집중할 수 있었다.

 사심이 있으니까 체공 시간이 짧지. 순수하게 집중해 봐요.
 안은 나의 기본 점프 자세를 보며 툭툭 말을 흘리고 가고는 했다. 말을 해놓고도 나의 표정은 살피지 않았다. 나 또한 아랑곳없이 링크를 지쳤다. 입장객이 많은 금요일 오후와 토요일에 특이점이 있다면, 내가 이곳을 처음 찾았을 때 보았던 부모들의 모임이 오후 늦은 시간까지 열린다는 거였다. 그 모임은 이제 유리로 가림막이 된 링크장 한쪽에서 진행되는 듯했다. 등받이가 없는 동그란 의자에 앉아, 그들은 차분한 분위기로 이야기를 주고받았다. 어느 날은 유인물 같은 것을 들고 있을 때도 있었고, 어느 날은 촛불을, 또 어떤 날은 종류가 다른 물건들이 그들 각자의 손에 들려 있었다. 그리고 그곳에는 늘 '안'이 있었다. 생각해보면, 처음 내가 이곳을 방문했을 때에도 안이 그곳에 있었다는 생각이 들었다. 모임이 있는 날이면 안은, 특강도 정규수업도 진행하지 않았다.

둘째 주 금요일, 퇴관 후 종종 버스를 함께 타며 친해진 매표소 학생 윤에게 나는 표를 끊으며 물었다.

저기 있는 분들, 무슨 모임이야?

윤은 늘 웃으며 친절히 대답해 주었던 평상시와 달리, 내 물음에 우물쭈물 제대로 된 대답을 하지 않았다. 옆에 누가 있기 때문인 듯했다. 40대 중반 즈음의 회색 정장 차림의 남자가 팔짱을 낀 채 윤의 옆에 서 있었다.

네……. 모임이 있네요.

나는 얼버무리듯 대답하는 윤의 표정을 흘깃 살피다가 따끈한 캔커피를 하나 달라고 한 뒤 셈을 치렀다. 안을 비롯한 중년의 구성원들은 한 사람씩 손을 들어 무엇인가를 결정하는 듯했다. 나는 캔 커피를 마시며 대기석 안으로 들어섰다. 스트레칭을 위해 발목과 허리를 돌렸다. 기지개를 한 번 켠 뒤 링크를 타기 시작했다. 빙상을 지치다 보면 슬며시 화가 일었다. 슬픔은 알 수 없는 분노로 바뀌어 갔다. 아빠를 잃고 꽤 긴 시간 동안 나는 해독할 수 없는 그런 감정에 휩싸인 채 지내왔다는 생각이 들었다. 워밍업을 위해 링크를 돌며, 내가 어쩌다 그 거대한 감정의 트랙에 갇혔는지 골몰해 보고는 했다. 하지만, 알 수 없었다. 트랙이 원형처럼 둥글어서 어디가 처음이고 끝인지 알 수 없는 것처럼. 달리고 달리다 옆을 둘러 보면 둥그런 곡선이 속도를 재촉할 뿐이었다. 링크를 돌며 몸을 푼 뒤, 기본 스핀을 시도했다. 속도를 내며 지치다 그 상태에서 가볍게 몸을 돌리면 되는 거였다. 그때 한 여자가 레이 백 스핀을 시도하며 다가왔고, 나는 속도를 줄이기 위해 무리하게 반대 방향으로 몸을 틀다 빙상에 그대로 엎어졌다.

잠깐 정신을 잃었던 것일까. 손길이 느껴졌다. 손은 내 뺨을 만지고 어깨와 다리를 조심스레 주무르고 있었다.

아가씨! 정신이 들어요?

안이었다. 안은 내 뺨을 두드리더니 입고 있던 재킷을 벗어 접어 내 머리에 고여 주었다.

크게 다치지는 않은 것 같아요. 괜찮아요? 잠시 후에 몸을 움직여볼게요.

나는 안에게 의지해 두 손으로 안의 양손을 잡고 몸을 일으킬 수 있었다.

안이 내 두 손을 잡고 빙상에서 조금 이끌어주었다.

나는 다른 발을 떼다 삐끗했고, 넘어지려는 나를 안이 다시 잡아주었다. 안은 아주 천천히 내 얼굴을 들여다보았다.

집으로 돌아와서 혼곤한 잠속으로 빠져들었다. 진땀을 흘리며 잠에서 깨어 시계를 보니 새벽 3시 30분이었다. 급하게 냉수 한 잔을 들이켜고 기진한 몸으로 좌식 의자에 몸을 뉘었다. 다탁에 손을 뻗어 노트북을 켰다. 사이트로 들어가 고향 곳곳의 산과 바다를 훑었다. 비가 내려 구름이 짙은 탓에 밤의 바다와 산은 아무 형체도 드러내놓지 않았다.

퇴사하고 더는 고향 집 처리를 미룰 수 없다는 것을 깨달았다. 엄마의 죽음 이후, 사람들은 누구나 잠재적 고아라고 자위하며 자라왔지만, 마음의 준비를 하고 있었다고 해서 겪어 보지 못한 슬픔이 수월할 리 없었다. 아빠에게 읍소하지 않은 것에 대해, 그즈음 바쁘다는 핑계로 직접 내려가 아빠를 살펴보지 않은 것에 대한 죄책감이 머릿속을 떠나지 않았다. 아무것도 없는 텅 빈 곳에서 자라고 있을 것이 무엇일지, 그것을 생각할 때마다 가슴에 구멍이 나고 그 구멍이 점점 더 커지는 것 같았다.

고향에서의 것들을 모두 정리하고 싶었다. 그렇게 하면 무언가 다른 방향으로 삶의 결이 바뀔 수 있을 것 같았다. 미뤘던 것들을 실천하기 위해 고향 집으로 돌아왔다. 변기의 물을 열 번 정도 내린 후에야 예전 내가 자라던 집의 느낌과 냄새가 났다. 우편물들과 마당에 수북이 쌓인 나뭇잎들을 종량제봉투에 넣어버렸다. 집 바깥에서 내부를 향해 청소를 해나가기 시작했다. 청소하다 배가 고프면 대로변 다리 건너 편의점까지 십 분쯤 걸어 나가 삼각 김밥이나 컵라면 같은 것들을 먹고 돌아왔다. 첫날 밤은 거의 뜬눈으로 지새웠고, 둘째 날에는 혼곤히 잠속으로 빠져들었다. 셋째 날이 되어 안방 작은 다탁 위를 정리하며 아빠의 수첩을 열어 보았을 때였다. 수첩 내피에 꽂혀 있던 티켓들이 우수수 떨어져 내렸다. 조악한 디자인의 실내 아이스링크가 프린팅된 아이스링크 이용권이었다.

'한솔 아이스링크'.

티켓에 표시된 아이스링크의 명칭은 그랬다.

아빠에게 없던 취미가 생겼다는 것에 대해 의아했지만, 그렇다고 심각하게 여긴 것은 아니었다. 한솔 아이스링크를 인터넷으로 검색해보았더니 여러 기사가 있었다. 그중 가장 많은 기사는 그곳에서 강사로 일한다는 '안'에 관한 기사였다. 안은 과거 꽤 주목받았던 피겨 스케이팅 선수였다. 코치로 전향한 뒤 고향에서 후학들을 양성하며 보람을 느끼고 있다는 인터뷰 기사가 신문사별로 포맷을 달리해서 포스팅되어 있었다. 기사 속 안은 40대 후반 즈음으로 보였고, 벚꽃 잎이 분분히 날리는 벚꽃 나무 아래에서 옅은 미소를 짓고 있었다. 다음 날 찾아간 부동산에서 집을 내놓고 팔리기까지 시간이 다소 걸릴 것이라는 이야기를 들었다. 나는 오후 여섯 시에는 늘 집을 볼 수 있다는 조건으로 집을 내놓았고, 그 이외의 시간을 어떻게 보낼 것인지에 대해 고민했다. 생각이 많아 읽고 보는 것에는 집중이 되지 않았다. 이틀을 집에만 틀어박혀 지내다가 어느 날, 스케이트 가방을 둘러메고 링크장을 향했다. 아빠가 그곳에 자주 간 이유가 궁금했고, 기사 속 '안'이라는 인물이 낯설게 느껴지지 않아서였다.

주말의 아이스링크는 퍽 붐볐다. 안은 시간대별로 꽤 많은 레슨을 하는 듯했다. 하루 세 시간에서 다섯 시간 정도 피겨를 타며 보름을 보내자, 나의 실력도 계단식으로 발전해 기본 동작은 모두 마스터할 수 있었다. 한번 배우면 절대 잊어버리지 않는 기술은 자전거나 수영뿐만이 아니었다. 얼어붙었던 감각이 점차 깨어나, 나는 내가 아주 어릴 적 배웠던 항아리 동작이라든가 직진, 후진 활주를 몇 번의 연습 끝에 금세 마스터할 수 있었다. 특정 동작에 대한 완성은 그에 그치지 않고 그 동작을 최초 완성했을 때의 기억도 간혹 선물해 주었다. 아주 어렴풋이. 내가 왈츠 스핀에 성공했을 때 트랙 출입구 문에 붙어 서서 나를 바라보던 40대 초중반의 엄마와 아빠의 활짝 웃는 얼굴 같은 것들을. 나는 그 기억이 떠오르자 동작을 멈추고 두 손을 모아 비빈 뒤 입김을 불어 넣었다. 그때 그 시간 엄마가 그랬던 것처럼. 그런 기억들을 떠올려가며 여자아이의 단순하지만 정확한 자세를 보고 있던 어느 날 안이 다가와 말을 건 넸다.

턴을 할 때 엉덩이만 뻣뻣하게 돌리면 안 돼요. 몸 자체가 그 방 향으로 움직여야지. 엉덩이 가는 곳에, 팔이 가는 곳에 몸이 가야 죠, 몸이. 자, 이렇게요.

굴곡이 거의 없는 안의 몸이 꽃잎처럼 나긋하게 벌어져 360도 로 회전하다가 다시 오므라들었다.

나는 눈을 동그랗게 뜨고 안을 보았다. 안은 날랜 동작으로 다가 와 스케이터의 토를 몇 차례 눌러보더니 고개를 갸웃하며 말을 이 었다.

브래드도 덜 깎였네요. 피겨화는 발에 너무 꽉 끼고. 그러니 그 렇게 넘어지지. 뒤꿈치 피 안 났어요?

나는 고개를 끄덕였다.

이렇게 우격다짐으로 하면 발 망가져요. 오늘은 충분히 했으니 그만 가요. 내일부턴 내가 좀 봐줄게요.

주말을 포함해 월요일까지 3일을 쉬고 다시 아이스링크로 향했 다. 커피를 모두 마시고 스케이트화의 끈을 조여 매고 있을 때였다. 안이 두 켤레의 피겨화를 양손에 들고 링크 안으로 들어섰다. 나와 눈이 마주치자 안은 입구 벤치에 앉아 있는 내게 다가왔다.

이거 신어봐요. 발 문수 235죠?

문수요?

네, 발 문수. 신발 몇 신느냐고요.

안이 내민 것은 잭슨 피겨화였다. 잭슨 시리즈 중에서도 꽤 고가의 스케이트이고 점프하는 데 도움이 되는 기능을 갖추고 있어 마니아층이 두터운 장비였다.

딸이 타던 건데. 빌려드릴게요, 계속 피겨 할 거죠? 이왕 탈 거면 좋은 피겨화로 타요.

나는 순순히 그 스케이터를 받아들었다. 안답지 않게 말투 하나하나에 힘이 모두 빠진 듯 느껴졌다.

작은 딸내미껀데. 큰 딸은 스케이트는 쳐다도 안 보니까. 언제 빙판에 굴릴 일이 있을까 싶었는데 이렇게 보게 되네요.

언뜻 듣기에도 주어와 목적어, 술어가 맞지 않는 문장이었지만 나는 더 깊이 묻지 않고 두 발을 빼서 새 스케이터 속으로 집어넣었다. 잘 만든 디자인에 이미 몇 번 신어 길을 들여놓아서인지 가죽이 부드러워 착화감이 좋았다.

맞지요, 잘?

나는 마지막 끈을 V자 모양으로 조인 뒤 매듭지으며 안을 향해 천천히 고개를 끄덕였다.

장례를 치르고 어느 날 새벽, 나는 아빠의 노트북을 켰다가 산림청 내 모니터 화면을 우연히 보게 되었다. 내가 아빠의 이름으로

로그인을 하면 아빠의 프로필 팝업창이 동료의 모니터 화면에도 작게 떠 보일 것이었다. 나는 처음에는 그 사실을 모르다가 어느 이른 아침, 로그인한 아빠 직장 동료의 창이 팝업되는 것을 보고 알았다. 나는 거기에 별 신경을 쓰지 않고 새벽이면 컴퓨터 모니터를 통해 고향 곳곳을 살펴보고는 했다.

아저씨들은 알았을까. 내가 아빠의 창으로 무엇을 보고 있었는지.

아저씨들. 엄마가 중학교 2학년 때 돌아가시고 아빠의 직장 동료들은 우리 집을 관사처럼 이용하고는 했다. 아저씨들은 우리 집에 와서 자주 술을 마셨다. 발령받은 지 얼마 되지 않는 신입 직원의 환영식이 열렸던 날, 내 신발에 걸쭉하게 들러붙은 토사물의 흔적을 보고 분개한 나는 아저씨들의 신발을 몽땅 헌 옷 수거함에 내다 버린 적이 있었다. 왜 사람들을 좋아하면 술을 마셔야 하는지 이해할 수 없는 당시의 나로서는, 그와 같은 짓궂은 짓을 자주 했다. 우리 집은 산림청과 큰 대로변을 사이에 두고 마주하고 있었다. 둘러쳐진 담이 낮고 마당에 키 큰 자목련 나무가 심겨있으며, 바랜 나무 명패가 달린 옛 양식의 집이라 금세 눈에 띄었다. 나는 아빠가 출근하고 나면 온 집안에 불을 환하게 켜놓고 학교에 가고는 했다. 내가 있는 것으로 오해해 아저씨들 출입을 미리 막기 위해서였다. 나의 그런 행동들에도 아저씨들은 아무 반응도 보이지 않았다. 엄마를 잃은 지 얼마 되지 않은 사춘기 즈음에 여자아이란, 그들에게는 범접할 수 없는 미지의 생명체처럼 느껴졌을지도 모를 일이었다.

나는 모니터 화면으로 컴컴한 바닷가를 오래 응시하고는 했다. 아빠가 아주 긴 시간 동안 들여다보았을 그 풍경들을. 로그아웃 직전에는 아빠가 빠졌던 호수를 품은 그 산을 훑어보았다. 봄, 여름, 가을, 겨울. 계절이 변할 때마다 변함이 있는 풍경들을. 변함은 실감으로 다가왔다. 아빠의 부재가 사철 내내 내게 있다는 것을 깊이 실감시켜줬다.

왈츠 스핀과 싯 스핀을 모두 마스터한 날, 나는 퇴관 시간이 한참 넘어 정류장으로 향했다. 무엇보다 힘이 들어 한동안 링크 내 벤치에 앉아 있다가 일어선 참이었다. 정류장 벤치에 스케이터를 내려놓고 버스를 기다리고 있었다. 티케팅을 할 때마다 맡게 되는 잉크 냄새가 나는 것 같더니 매표소 윤이 다가왔다. 윤이 비니를 벗자 숱 많은 윤의 곱슬머리가 정전기로 인해 온통 하늘을 향해 뻗쳤다. 윤은 패딩 안주머니에서 밀크티가 든 음료 두 개를 빼서 내게 한 개를 건넸다. 마개를 따던 윤의 시선이 내가 내려놓은 스케이트에 가 닿았다.

Hae Won, Son? 이거 혹시 안 선생님 것 아니에요?

맞아. 안 선생님이 빌려주신 거.

해원. 해원이 거네요. 오랜만에 보는 이름이네.

해원이 알아? 안 선생님 둘째 딸?.

네, 저랑 중학교 1학년 때 같은 반이었는걸요. 고등학교 때도 같은 반이 될 뻔했는데.

어째 자꾸 과거형이네. 사이 참 안 좋았나 봐?

좋고 안 좋고 할 게 있었나 모르겠어요. 말 한번 제대로 나눈 적이 없었고…….

왜, 타지로 전학 갔어?

모르셨어요?

윤은 밀크티를 한 모금 마시다 말고 오른손 엄지와 검지를 연결해 동그라미를 만들었다. 윤은 그 동그라미를 자신의 오른눈에 붙였다. 윤이 보고 있는 것은 하늘 높이 떠 있는 푸른색의 열기구였다.

중3 겨울방학 때 버스 사고로 죽었어요. 도내 피겨 스케이트 대회에 참가하려고 단체 버스 타고 이동하다가.

윤이 허공을 향하여 뻗은 검지를 엄지와 맞붙혀 마치 열기구를 집는 듯이 오므리더니, 포물선을 그리며 천천히 두 손가락을 내리기 시작했다. 그리고 항해 중인 빨간 게 잡이 배 위에 집은 그것을 올려두듯 멈추었다.

누나가 물었던 모임 말이에요. 그 버스에 탔던 학생들의 유가족 모임이에요. 안 선생님이 모임 위원쯤 되시고…. 안 선생님이 여기서 한시적으로 일하게 되면서 링크장이 정기적인 모임 장소가 되었거든요.

그러니까 이곳 아이스링크가 가족을 잃은 유가족들의 모임 장소가 되면서 문제가 발생한 거였다. 오라는 타지 손님들은 오지 않고 월마다 한두 차례, 시의 입장에서는 껄끄러운 유가족들의 모임 장소로 이곳이 이용되고 있던 것이 폐장일을 앞당기게 한 근본적인 이유였다. 그들이 껄끄러워하는 데는 이유가 있었다. 교통사고는 버스 기사의 졸음운전 때문이었다. 그렇지만 그즈음, 버스가 지나가는 도로에 시 자체의 공사가 진행되고 있었다. 멀쩡한 도로를 엎어서 고르게 표면을 다지는, 연말 예산을 소모하기 위한, 해도 그만 안 해도 그만인 공사였다. 공사와 관련된 안내 표지판 설치도 미흡했고, 충분한 주의가 기울여지지 않은 공사 중인 도로에서의 참사라, 버스 기사의 완전한 과실이라고 보기에 모호한데도 시에서는 버스 기사를 개인사업자로 분류하고 어떠한 책임도 지려 하지 않았다. 안을 위시한 부모들은 소송을 제기했지만, 재판이 진행될수록 세는 불리해져 갔다. 지역민들도 차츰 그들을 미운 오리 취급하기 시작했다.

처음 시에서는 아이스링크를 이용하지 않는 이들이 시설 내에서 모임을 갖는 것을 금한다는 공고문을 내걸었고, 그래서 구성원들은 스케이트를 타지 않음에도 티케팅을 해야 했다. 이 방법이 통하지 않자, 시에서는 하루라도 빨리 이곳을 폐장하기로 했다. 그리고 그것은 폐장일에 대한 알력다툼으로 이어졌다. 빙상이 완전히 녹는 시점을 폐장일로 삼아야 할지, 본디 정해진 12개월의 마지막

일에 폐장하고 빙상을 녹여야 할지를 놓고 두 세력은 다툼을 벌였다. 안측에서 조기 폐장에 대해 수용하지 않자, 시에서는 일방적으로 폐장일을 정해 공고문을 내붙였다. 나는 먼지를 잔뜩 뒤집어쓴 채 차곡차곡 포개져 있는 부스 옆 염화칼슘 포대들을 떠올리며 작게 고개를 끄덕였다.

그런데 왜 아이스링크야?

네?

왜 거기서 유가족 모임을 하느냐고. 넓고 좋은 장소도 많이 있을 텐데.

글쎄요…….

거기서 모임을 하는 것이 무슨 의미가 있을까. 눈에 잘 띄고 다른 사람들도 동참할 수 있는 그런 곳에서 해야지. 아이스링크에서 유가족모임이라니. 생뚱맞지 않아?

그런 것보다 더 이해 안 되고 생뚱맞은 일들은 차고 넘치니까. 그리고 원하지 않았을 수도 있지 않겠어요? 더 넓고 좋은 곳, 쾌적한 곳, 많은 사람이 유의미하게 참여를 하는 그런 것들을 원하는 게 아닐 수도… 있지 않을까요?

집 매매는 지지부진했다. 매수 문의는 간혹 있었지만, 정작 보러 오는 사람이 없었다. 건너편 산림청 주변이 신시가지로 변모해가는 반면, 우리 집은 주택 상태에 비해 매도가가 높게 잡혀 있었다. 주변 주택 매매가를 반영해 내놓았기 때문에 부동산에서는 헐값

에 매도하는 것에 대해 곤혹스러워했다. 나는 3일 정도 더 기다려
본 뒤, 부동산에 전화를 걸어 가격을 조금 더 낮추어야겠다고 생각
했다.

　주말이 지나 시에서 링크장의 폐장일로 공고했던 월요일이 되
었다. 나는 평소보다 일찍 집을 나서 링크장에 도착했다. 입구에
서 사람들이 두리번거리고 있었다. 링크장은 아직 개장 전 이었다.
조금 지나자 윤이 다급하게 와서 출입문을 열어 주었다. 실내는 번
잡했는데, 포대를 옮기는 시청 직원들부터, 이것을 저지하려는 사
람들 간의 실랑이가 벌어지고 있어서였다. 나는 잠시 고민한 뒤 벤
치에 앉아 피겨화를 착용했다. 빙장 입구마다 한두 개의 포대가 놓
여 있었다. 내가 빙장에 들어와 워밍업을 하고 있을 때, 스케이트
화 혹은 운동화, 등산화를 신은 삼십여 명의 사람들이 빙상 안으로
들어서기 시작했다. 일렬로 입장하던 그들은 중심에서 트랙 바깥
으로 점차 원을 넓히며 둘러섰다. 무리 내 안이 은박으로 된 1인용
돗자리를 깔더니 빙장에 드러누웠다. 안의 옆에 서 있던 사람들이
하나둘 돗자리를 폈다. 안의 표정에서는 어떤 결연함 같은 것도 엿
볼 수 없었다. 그저 수더분한 평소 모습대로 할 일을 하는 모양새
였다. 염화칼슘을 포대 채 들여놓던 시청 직원들이 입구에서 멈춰
서성댔다. 포대를 뜯어 삽으로 염화칼슘을 폈던 직원은 도로 넣지
도, 붓지도 못한 채 엉거주춤 서 있었다.

빙장을 왜 녹입니까. 시간도 안 되었는데. 왜요, 왜.

안이 소리쳤다.

녹는다고 녹여집니까. 녹는다고 없어집니까. 얼음이 언제 어는 줄 아세요. 0도에 이를 때부터예요. 아무 온기도 느껴지지 않는 그때부터…….

웬만해서는 안 녹습니다. 완전히 녹는 데 얼마나 걸릴지는 아세요? 억지로 녹이려고 하지 마세요. 자연히 그렇게 녹게 두세요. 자연히 녹도록… 그렇게 두세요.

저간의 사정을 알면서 스케이트를 타러 왔던 이용객들 몇몇도 스케이트의 날을 눕혀 그들의 옆에 주춤거리며 눕기 시작했다. 바닷가, 전혀 어울리지 않은 이곳에 불시착한 거대 원반형 링크장에서 내가 이들과 함께 있다는 것이 낯설게 느껴졌다. 천막이 걷히고 동그마니 모습을 드러낼 아이스링크를 떠올렸다.

그래, 파도에 떠밀려 결국은 바닷물에 스며들겠지.

하지만 슬픔은 굳어 금이 가지 않지. 누구도 그 기억을 떠밀어줄 수도 없고 스스로조차도. 우리를 둘러싼 끝도 시작도 없는 원형의 트랙처럼, 슬픔도 그렇지. 아빠는 알고 있었던 거겠지. 작은 창을 통해 그 바다를 보았던 순간부터. 살아가는 동안은 열심히 함께하려 했던 거겠지. 그런 결심이었겠지, 아빠는. 그 슬픔이 어떤 것인 줄 아니까…. 그런데 왜 이렇게 와서 녹이려고 하나, 빨리 녹으라고 저런 포대까지 들쳐 메고 열심을 부리나…….

나는 피겨화를 벗어들고 안의 옆으로 다가갔다. 좀 전의 수더분한 안의 표정을 떠올리며 고개를 돌려 안을 내려 보았다. 안은 빙상장의 천장을 곧게 주시하고 있었다. 안의 마른 눈가는 벌겋게 부풀어 올라 있었다. 맨발로 빙장을 딛고 있자니 발이 시렸다. 안과의 사이에 피겨화를 놓고 나도 조심스레 안의 곁에 누웠다. 목재로 복잡하게 엮어진 원형 돔의 틈새와 누운 피겨화를 보고 있자니, 어쩔 수 없다는 듯이, 거의 반사적으로 입가가 일그러지며 자연히 울음이 새어 나왔다. 마음속 차고 단단하게 뭉쳐있던 조각들이 조금씩 금을 내며 갈라지고 있는 느낌이 들었다.

시위는 비교적 조용하게 일단락되었다. 시청 직원들은 별수 없다는 듯 손들을 탁탁 털며 아이스링크를 빠져나갔다. 나는 그날 처음으로 악셀 토 컴비네이션 점프에 성공했다. 아주 잠시나마 몸이 공중으로 날아올랐을 때, 앞으로의 시간은 지금까지의 시간보다 더 견디기 쉬워지리라는 예감이 들었다. 이유는 알 수 없으나 안은 감개무량하다는 듯 나를 바라보았다. 나는 자못 고무되어 안의 앞에서 설레발을 쳤다.

스핀마저 해 볼까요? 유나 스핀?

조금만 더 연습하면, 뭐 간단하지 않을까요?

내가 이제 막 진입장벽을 넘은 업라이트 스핀을 펼쳐 보이며 운을 떼자, 안이 허리를 굽히며 나팔 모양으로 두 손을 모으더니 말했다.

저 잠깐 웃어도 되나요?

안은 또박또박 소리 내 말하더니 빙상을 지치며 내 앞에서 속도를 내기 시작했다. 아웃사이드 엣지, 프리 레그, 쓰리 턴. 안은 카멜 스핀에 이은 도넛 스핀으로 얼음 위를 활주했다.

선생님 의외로 너무 쉬우시다.

나는 손뼉을 치며 환호성을 질렀다. 한 손으로 입을 가린 채 크게 웃었다. 안이 숨을 몰아쉬며 눈을 크게 뜨더니 내 입술을 가리켰다.

처음 봤을 때는 몇 시간 타다 갈 줄 알았지. 그렇게 다리가 부러지도록 치댈 줄 알았나. 점프 성공한 것은 정말 나도 예상 못 했어요. 되는구나, 그게 되는 거구나⋯. 언젠간 되었겠구나⋯. 했지. 그런데 가리긴 왜 가려. 재희 씨 숨겨진 매력 중 하나가 바로 그 덧니야.

공식 폐장일 전날인 늦은 오후, 아이스링크가 문을 닫자마자 시에서는 철거 공사를 시작했다. 거대한 포클레인이 건물의 한 축을 함부로 떼어 내었다. 커다란 빙상의 일부가 쩍하는 소리와 함께 떨어져 나갔다. 노란 로더가 덜컹대며 떨어져 나간 그것들을 바닷가로 밀고 갔다. 얼음들은 점차 파도에 밀려 떠내려가기 시작했다.

이거, 이거, 보기 힘든 장면이거든. 사철 온난한 우리나라에서는.

일부이지만 꽤 거대한 얼음 조각이 바다로 떠밀려 들어가는 것

을 보며 안이 말했다. 나는 작년 여름 폭염과 겨울의 한파를 생각
하면 정확하게 사철 온난하다고는 할 수 없지만, 바닷물이 어는 일
이란 우리나라에서는 보기 힘든 일이므로 토를 달지 않았다.

유빙이라면, 둥둥 떠가야 제맛일 텐데.

여기 있었네요.

그때 윤이 웃는 얼굴로 버스정류장 벤치에 앉아있는 안과 나를
향해 걸어왔다.

나는 손을 들어 윤을 반겼다.

누나, 잘 가요. 저 서울로 대학 가면 만나서 맛있는 것 좀 사주세
요.

나는 미소를 지으며 고개를 끄덕였다.

아빠가 여기 아르바이트 가라고 했을 때는 정말 싫었었는데. 다
니길 잘한 것 같아요. 좋은 경험이었다고 하면 안 되겠지만.

윤이 백팩을 내려놓은 뒤 내 옆에 앉았다.

그리고…… 아빠가 절대 말하지 말랬는데. 사실 아빠가 누나를
아시더라고요.

내 옆에 있던 안이 고개를 내밀며 윤을 반겼다.

어이, 여기, 나도 있다네.

정말? 어떻게?

윤이 안에게 가볍게 묵례하며 말을 이었다.

저희 아빠가 산림청 직원이시거든요. 누나 아버님하고 함께 근무하셨다고.

누나가 여기 다닌다는 것은 모르셨어요. 고향에 내려왔다는 것까지는 아시던데. 제가 서울서 내려온 누나 이야기를 했거든요. 암튼 한 달 내내 안부를 물으셨어요. 오늘은 희야 기분이 어떻더냐고. 자꾸 잘해주라고 하시고……

옆에서 조용히 듣고 있던 안이 연신 재채기를 했다.

호구조사중인 것 같은데 방해해서 미안. 감기가 왔나 봐. 속사포 재채기가 신호거든.

윤은 미소를 짓더니 점퍼의 안주머니에서 음료캔 두 개를 꺼내 안과 나에게 내밀었다. 캔은 따뜻했다. 나는 늘 캄캄하다가 어느 어두운 밤 작게 불을 밝혔을 자목련나무집의 빛을 기억해 준 아저씨들 얼굴을 떠올려 보았다.

빗발이 성긴 궂은비가 내리고 있었다. 버스는 오지 않았다. 링크장으로 들어서는 길목에 신도시 건설을 위한 대규모 공사가 진행되면서 차가 분명 막히고 있을 터였다. 안이 이를 따닥 부딪치며 작게 떨었다. 나는 바람을 막기 위해 안의 오른쪽으로 가서 앉았다. 그리고 안의 어깨를 감쌌다. 윤도 안의 옆으로 한 칸 자리를 옮겨 앉았다. 안의 열기가 느껴졌으므로 내 체온이 더 낮다는 것을 알았다. 나의 한기가 안의 열기를 내릴 수 있을까. 아닌가. 나의 한

기와 안의 열기가 만나 정상체온이 되는가. 나는 그런 생각을 두서 없이 했다. 언젠가는 분명 저 아이스링크도 다 녹을 터였다. 그게 언제인지 아무도 알 수 없고, 녹는다고 없어지는 것도 아니지만 분명 녹을 터였다. 유빙이 파도에 밀려 그것들끼리 부딪쳤다. 나는, 떨고 있는 안의 어깨에 살짝 머리를 기댔다.

스쿠터를 타고 달리는 란다.
몽상을 깨부수는,

김영삼(문학평론가)

1. 가짜-사건

　권미호의 이야기들에는 '가짜-사건'들이 가득하다. 물론 이 가짜-사건들은 기망이 아니라 생존을 목적에 둔 불가피한 선택이기 때문에 비판보다는 공감을 요구한다. 여하튼 중요한 점은 따로 있다. 가짜-사건들이 사실은 현실 속 핍진한 우리의 진짜 모습과 너무나 닮아 있다는 점, 그리고 이 사실을 적나라하게 은유하는 소설의 인물들이 우리 삶의 주변부에서 청년 또는 비정규직과 같은 불안한 정체성으로 생존을 이어가고 있다는 점, 나아가 가짜-공간의 시뮬라크르는 실재에 도달할 수 없는 불가능성의 아이러니 위에서만 기능할 수 있다는 사실을 주목해야 할 듯하다. 몽상이라는 허약한 기반 위에 구축된 가짜 세계들을 천천히 부검해 보자.

「잡토피아」는 '실재'가 아니라 '실재 효과'를 '체험'하는 공간이다. 물론 체험은 경험 이전의 연습이 아니라, 경험 불가능한 것들에 대한 가상현실의 서비스에 불과하다. 간혹 이곳에서는 현실보다 더 드라마틱한 사건들이 발생해서, 불이 나면 소방차가 출동하고 범죄가 발생하면 재판장에서는 열띤 논쟁이 오가기도 한다. 그러나 이러한 '가짜-사건'의 체험은 현실에서 경험 불가능한 안정적 삶에 대한 선망과 망상으로 작동되는 몽상에 불과하다. 더구나 20분이라는 체험 시간 동안 진짜의 재현이 가능할 리 없으니, 이 몽상의 공간은 실재가 영원히 불가능하다는 아이러니 위에서만 흥미롭고 소비적이다.

가령 가짜 직업을 체험하는 학생들은 "표현력과 순발력을 얻었다"거나 "분석력과 논리력과 집중력이 향상되었다"(86쪽)와 같은 평가를 받기도 한다. 오랜 숙련으로 단련되어야 할 능력들이 한 번의 체험으로 획득되기를 믿는 행위, 그리고 이런 바람에 손발을 맞춰 마치 게임에서 아이템을 부여하거나 할인 쿠폰을 발행하듯 인심도 좋게 능력을 인증해 주는 슈퍼바이저들의 부응행위는 모두 시뮬라크르가 리얼리티의 모순을 은폐하는 장치로 기능하게 하는 몽상들이다. 소설의 말미에서 실제로 화재가 발생했을 때 '세호'

와 '정은'의 훈련 체험이 실상 아무짝에도 쓸모없다는 사실을 깨닫게 되는 장면이 그 증거다.

가짜가 진짜를 대신하는 현상은 「오늘 줄서기」에서도 반복된다. 이 작품에서 주인공을 비롯한 '라인맨'들은 원비가 한 달에 백만 원이 넘는 영어유치원, 아파트 분양권, 유명 맛집, 인기 브랜드의 한정판 모델 등의 구매나 소비를 욕망하지만 밤새워 기다릴 시간이 없는 사람들을 대신해서 줄을 서는 존재들이다. 값비싼 구매자들의 기회비용이 값싼 '라인맨'들의 기회비용으로 대체되는 상대적 시간 가치의 매매 현장. 생존의 필요조건인 경계선의 내부로 입장하기 위한 욕망들과 "무엇이든 대신 서"(17쪽)주는 '라인맨'들의 경제적 필요가 만나는 은밀하고 불평등한 거래 행위. 물론 '줄서기'는 오랜 세월 한국 사회에서 출세와 인정의 방편으로 기능했으니 새로운 현상은 아닐 것이나, 대신 줄을 서는 이 청년 세대들이 누군가의 욕망을 대체하기 위한 임시적 존재로 등장한다는 점과 이들이 르네 지라르가 설파한 욕망의 삼각형의 한 꼭지점에 강제적으로 배치된 가짜 주체들이라는 점은 주목해야 할 현시대의 단면일 것이다.

「오늘 줄서기」의 화자는 학교에서 "교수의 밑을 닦는 작업"(15쪽)도 병행하고 있다. 자료 정리, 번역 보조, 연구비 수령을 위한 각종 서류와 영수증 조작 등이 그의 또 다른 줄서기에 해당한다. 사회에 안정적으로 진입하기 위한 주인공의 가짜-체험은 〈쇼생크 감옥의 보상〉이라는 원제목이 한국에서는 〈쇼생크 탈출〉이라는 제목으로 번역된 경우와 다르지 않아서 합당한 보상 대신 탈출의 기회만이 부여될 뿐이다. 이와 같은 줄서기를 통해 타인의 욕망을 대리보충하는 사이 화자는 자신의 진짜 욕망으로부터 천천히 소외되는 중이다. 추운 한겨울 밤샘 라인을 타는 동안 조금씩 멀어져 가는 자신의 꿈을 목도하면서(떨어진 야구공처럼), 생존의 내부로 진입하기 위해 줄을 서지만 정작 자신의 삶은 그 경계선 밖에서 덜덜 떨고 있는 아이러니를 목도하면서 말이다. 날선 칼날로 현실의 단면을 드러내는 권미호 작가의 세계에 희망 없는 청년 세대의 가난과 소외와 절망의 냄새가 가득하다. 이 청년 세대들은 닿을 수 없는 실재에 도달하기 위해 가짜-사건을 연기(演技)하면서 자신의 욕망을 연기(延期)하고 유예해야만 하는 형벌을 사는 중이다.

2. 투명인간

‘가짜-사건’들을 구체화하기 위해 「잡토피아」를 다시 보자. 세호는 잡토피아의 지하 1층 계단 옆 비밀 공간에서 몰래 기숙하고 있다. 출근 명부에는 세호의 이름 대신 일란성 쌍둥이 동생 재호의 이름이 등록되어 있다. 재호는 반지하의 셋방에서 “반쯤 건조”(75쪽)된 상태로 죽었다. 학교는 휴학 중이었고 학원에는 출석하지 못했다. 그래서 찾는 이도 없었다. 세호는 "동생도 자신처럼 투명인 간이었구나 하는 생각이 들었다."(76쪽) 이름과 얼굴이 지워진 자리는 단서가 남지 않는 법, 그래서 재호는 세호로 손쉽게 대체될수 있었다.

잡토피아 체험 코너의 응급센터에서 응급구조사로 일하는 정은의 사정도 다르지 않다. 그녀는 클라이밍 암벽 중간의 작은 틈새나 부스와 부스 사이 앞뒤로 막힌 틈새, 또는 보이지 않는 계단 난간 뒤에서 밤을 보낸다. 정은이라는 이름도 사실 자신의 이름이아니었다. 세호와 정은을 공동으로 묶어주는 이러한 소설적 장치들은 존재하지만 실재하지 않는 자리가 그들의 삶의 장소라는 사실을 지시한다. 안타깝게도 "그 이름은 온전하게 자기 몫이 될 수없"(80쪽)었다. 그렇다면 이 가짜-사건의 공간에서 가짜 신분을 지닌 채 몽상의 삶에 내몰린 이들은 도대체 누구인가?

권미호 왈, 이들은 '투명인간'이다.

세호는 잡토피아에 오기 전 사회에서 투명인간과 다름없었다. 신문과택배, 각종 심부름을 배달하거나 대행하며 그는 사시사철 후드티를뒤집어쓰거나, 모자, 헬멧을 쓰고 다녔다. 아파트 비상 계단으로 다니다 보니 자신과 같은 이들을 자주 마주쳤다. 뜨거운 햇빛과 차가운 공기에서 몸을 보호하고자 온갖 패브릭들로 중무장한 동종 업계의 청장년들, 모자를 뒤집어쓰고 사람들이 다니지 않는 뒷길로 다니며 청소를 하던 이들. 세호는 '이봐'라거나 '김씨'라거나 '저이'라고 불리었다. 세호의 이름을 제대로 불러주고 얼굴을 기억해 주는 이들은 없었다. (『잡토피아』, 73~74쪽)

이 문장들은 권미호가 응시하는 청년 세대들의 정체성이며, 권미호가 다루는 세계와 인물들이 노출된 속살이기도 하다. 이들 '투명인간'은 사회의 몫을 나누는 셈법에 한 번도 이름을 등록하지 못했다. 뺄셈의 대상이었다. 고유명사로 호명되는 이름도 없다 보니 재호-세호의 치환처럼 언제나 쉽게 대체가능한 소비재로의 전락을 피할 수 없다. "CCTV에도 걸리지 않으며"(73쪽) 모자나 헬멧으로 자신의 존재를 감춘 채 도시의 '뒷길'을 다니는 이 청장년들이 바로 존재하지만 실재하지 못하는 '투명인간'들이며, 큰 도로와 도로 사이 또는 건물과 건물 사이의 후미진 골목들이 이 '투명인간'들의 장소성이다.

3. 골목과 탈주

기왕 이야기가 나왔으니 골목에 대해 짚어보자.

모름지기 한국 사회에서 골목은 따뜻하고 아늑했으며 이웃의 소란스러운 사연들이 부산하던 집단적 문화공간이었다. 이 공동체 공간에 배인 유년의 냄새는 골목을 노스탤지어의 강력한 매개로 기능하게 했다. 무엇보다 골목은 '집'(안-실재)과 '거리'(바깥-현실)를 이어주는 사이-공간으로 기능하며, 거리에서 돌아온 누군가 무릎이 튀어나온 '추리닝'과 슬리퍼를 착용하고도 맘 편하게 활보하면서 상처를 가릴 수 있는 곳이었다. 그래서 「골목길의 란다」에서 네 자매의 막내 '란다'가 다시 골목의 집으로 돌아올 때만 해도 "그동안 자신은 잘못 전달되어 있던 택배상자처럼 어두컴컴한 곳에 처박혀 있다가, 아주 오랜 시간에 걸쳐 제 주소에 맞게 도착했다는 생각"(106쪽)을 할 수 있었던 것이다.

그러나 현실의 골목 풍경은 이와 사뭇 다르다. 모성, 따뜻함, 아늑함, 공동체, 유년의 기억 따위의 장소성은 거리가 상징하는 현실의 가혹한 문법 앞에서 레트로적 향수의 대상으로 구멍가게나 채울 뿐이다. 중요한 건 과거를 소비적으로 대상화한 문화상품으로서의 골목에는 다시는 과거로 돌아갈 수 없다는 아이러니가 내포되어 있다는 점이다. 지금의 한국 사회에서 관광과 눈요기의 대상으로 소비되는 골목길의 풍경은 과거에 대한 향수가 만들어 낸 관음적 대상일 뿐이라는 점에서, 소설이 보여주는 골목은 이러한 소비적 대상으로서의 골목에 대한 환상을 무참히 깨트리면서 묘사된다.

엄마의 죽음 이후 거리로 흩어진 네 자매는 다시 골목으로 모였지만(꽃가게에서 일하는 '시다'는 란다의 보호 영역권에 놓여 있으니 돌아온 것으로 쳐주자), 어리고 야무진 란다의 노력에도 불구하고 '소다'의 구속과 '완다'의 가출로 이들 가족은 다시 골목 바깥으로 흩어진다. 소다의 폭식, 폭력, 둔감한 법 윤리 등은 남성성이 극대화된 거리의 문법을 체화한 결과인 듯하다. 큰언니 완다는 끝까지 골목을 지켰으나 끝내 트렁크와 돈다발을 들고 떠나버림으로써 이제 골목의 향수 따위는 잔존하지 않음을 선언해버린다. 이제 골목의 이미지 풍경은 치유의 공간이 아니라 스트리트로의 진입이 실패한 이들의 피난처이자 임시거처일 뿐이다. 쩍쩍 달라붙어 발을 놓아주지 않는 습기 찬 장판처럼. 완다, 소다, 시다, 그리고 란다가 골목의 주위를 배회하는 이러한 풍경에는 탈출구를 찾지 못한 채 막다른 길에 부딪힌 청년 세대들의 막막함이 배경으로 스며 있다.

도시의 정중앙에는 결코 꺼질 것 같지 않은 불빛들이 모여 있었고, 그 주변으로 작은 길들이 낮게 깔려 있었다. 길들은 큰 도로나 건물에 가려 여간하면 보이지 않았고 밤이면 어둠에 묻혀 있다가, 어느 날 불도저에 밀리고 깎이고 닦이었다. (「골목길의 란다」, 105쪽)

골목길 낮은 촉수의 가로등 빛 사이로 란다는 숨어들어갔다. 사람 세 명 정도만이 나란히 들고 날 폭이라 자동차는 들어올 수 없었다. 빼앙하고 남자가 경적을 길게 울렸다. …… 이제 언니를 어디로 데려갈까. 란다는 생각했다. 골목길의 빈집을 떠올리고 결국 다시 돌아올 완다,

소다를 생각했다. 어느 곳이든 상관없을 것 같았다. 골목길 안쪽이라면, 그곳은 이제 변하지 않는다. (「골목길의 란다」, 126~127쪽)

란다의 스쿠터가 '낮은 촉수의' 어두운 골목을 달린다. 방금 전 시간제로 일하던 패스트푸드점에서 도둑으로 내몰린 란다는 그것이 '현주 언니' 때문이라고 말하지 않았다. 이웃의 불행을 타인의 사정으로 밀어내던 자신에게 그 책임을 물었기 때문이다. 그래서 란다의 스쿠터 배달 박스에 걸린 검은 봉지는 란다의 각성을 상징한다. 그 안에 있는 건 길고양이 '깜지', 어떤 인간인지 야무지게도 밟아버려 내장이 쓸려 나와 있다. "자신에게 할당된 유예의 시간"을 핑계 삼아 "몸을 아주 동그랗게 말고 어떤 것도 간섭하지 않은 채 지내려 했"(124쪽)던 자신을 후회하면서 골목을 달리는 중이다. 눈이 빨갛게 부은 채 스쿠터 뒷자리에 타고 있는 사람은 란다의 언니 '시다', 꽃집에서 일하던 그녀도 주인에게 짓밟혔다. 죽은 꽃에 약을 쳐서 싱싱하게 보이려는 주인의 상술을 거부한 것이 폭력의 이유였다. 거리의 문법에 짓밟히고 내몰린 존재들이 한꺼번에 골목으로 찾아든다. 다행히 경적을 울리며 이들을 쫓는 꽃가게 주인의 자동차는 어둠이 스며든 '골목길 안쪽'으로는 진입할 수 없다. 그러니까 골목의 어둠은 '투명인간'들의 상처를 검게 채색해 감추어 버리는 치유의 공유지이며, 그곳을 달리는 란다의 스쿠터는 탈주하는 연대의 질주가 된다.

무서워서 도망치는 중인 줄 알았는데 이제 보니 그렇지 않다. 이름 없는 '투명인간'들이 골목에서 자신들만의 공간을 구축하고 검은 바리케이트를 치고 있다. 과거 허름한 집들의 생존방식이 그대로 보존된 골목은 거리의 문법에 익숙한 자들에게는 늪과 같다. 자신도 자칫 구렁에 빠질 수도 있다는 불안이 지배하기에 쉽게 발을 들이지 못하는 곳이다. 이곳에서 란다는 거리의 셈법을 벗어나 골목의 문법을 만들려는 듯하다. 완다와 소다가 돌아올 때까지. 그러니 란다가 깜지와 시다를 태우고 거리에서 골목으로 접어들 때 그것은 탈주의 영역을 구축하는 행위에 다름 아니다.

그러고 보니 탈주자들이 소설의 곳곳에서 달리고 있다. 교수가 내려준 동아줄 앞에서 줄서기를 과감히 포기하고 자신의 카메라를 들고 대학을 떠나버린 '택주'(「오늘 줄서기」), '영원한 반복과 회귀'라는 철학으로 포장된 바보의 늪에서 과감히 궤도를 이탈해버린 '은설'(「공항 옆 영화관」), 세상의 빛을 보지 못한 '테오(Theo)'를 '신의 선물(Theodore)'로 탈바꿈해준 '미들턴'(「라르손의 침대」), 그리고 개인적으로 가장 매력적인 탈주자 란다까지(본래 오토바이를 탄 청년들이 가장 무서운 법, 게다가 투명인간이라니), 작가는 소설의 곳곳에 이들을 잘도 숨겨 놓았다. 가만 보면 권미호의 소설은 청년 세대들의 아픔을 응시하는 것이 아니라 어쩌면 이들의 탈주를 발견하는 작업인 것 같다.

4. 문법의 생산자

근데 잠깐 여기서 짚고 넘어가야 할 것이 있는데, 거리의 문법을 만드는 자는 누구인가? 상기해야 할 푸코의 정의가 있다. 생명정치로 일컬어지는 현대 사회에서는 이제 총칼을 쥔 권력 따위는 없다. 그러니 혹시라도 시다를 때리던 꽃가게의 남자 주인이나,「유빙이 녹기까지」에서 유가족들의 모임이 열리는 빙상장을 폐장하려는 고위직 공무원을 떠올렸다면 오산이다. 적은 가까이 있다. 생존의 문법을 자신의 삶의 논리로 내재화한 주체들이 바로 생명정치권력의 조직세포들임을 직시하면 다음의 인물들이 보일 것이다.「오늘 줄서기」의 '슬라임',「잡토피아」의 '최',「골목길의 란다」의 '마스터', 이들은 지배받는 동시에 지배한다.

특히 '액체 괴물'을 들고 다니는 슬라임은 바우만의『액체 근대』에서 묘사한 근대성처럼 자신의 모습을 끊임없이 변화시키면서 체제와 권력의 통치술을 은폐하는 존재다. 라인맨들의 개인적 사정을 이용해 그들의 꿈을 지속적으로 유예시키며 라인을 지키는 자, 라인이 파괴될 때 폭력적 방법을 가리지 않고 새로운 라인을 재빠르게 재설계하는 자, "사고는 사고고 너는 너고"(33쪽)라는 말로 그들을 체제의 순응자이며 새로운 생산자로 키우는 슬라임과 같은 존재들이 바로 거리의 문법을 만드는 자들이다.

「잡토피아」에서 자신의 이익을 추구하기 위해 같은 을의 처지에 있는 세호의 약점을 끈질기게 물고 늘어지던 '최'의 모습이나, 「골목길의 란다」에서 자신도 세 가지 이상의 햄버거를 맛보지 못하면서도 이 질서의 정당성을 옹호하고 재생산하는 마스터의 재빠른 상황 정리들도 마찬가지다. 생존의 문법을 습득하고 내재화한 우리 주변의 또 다른 우리들이 바로 거리의 문법을 재생산하고 진화시키는 존재들임을 직시할 필요가 있다.

5. 달려라 란다

마지막 질문이 남았다. 작가는 왜 고유명사로 불리지 못하며 얼굴이 지워진 이 시대 청년 세대들에게 관심을 가지게 되었을까? 빛이 들지 않는 곳에서 사회의 예외로 내몰리는 존재들을 응시하게 된 인식의 근원은 무엇이었을까? 문학이 수행해야 할 마땅한 책무였을까?

궁금증은 권미호 소설의 씨앗으로 읽히는 두 편의 작품인 「관람객」과 「유빙이 녹기까지」에서 풀렸다. 이 두 편의 이야기는 가족의 죽음과 고통에서 시작해 타자의 아픔으로까지 확장되는 애도의 일기로 읽혔다. 작가가 죽은 자들에 대한 사후 애도는 그들이 수행하려던 숙제를 기꺼이 대신하는 것이라고 말할 때, "어떤 세계로도 틈입"(「관람객」, 134쪽)하고 싶지 않아서 "관람하는 자"(「관람객」, 136쪽)로만 남는 비겁한 자리에서는 애도 작업이 종결될 수 없음을 이야기할 때, 자신의 책임이 아님에도 불구하고 "배가 난파되는 사고"(『유빙이 녹기까지』, 194쪽)에서 벗어나지 못했던 '아빠'의 죽음이 타인의 고통을 감지하고 공감하는 '딸'의 애도작업으로 승화될 때, 특히 불의의 교통사고로 자식을 잃은 '안'이 서둘러 사건을 종결하려는 이들에게 "녹는다고 녹여집니까. 녹는다고 없어집니까"(『유빙이 녹기까지』, 210쪽)라고 외칠 때, 이 외침은 너무나 강렬해서 나는 한 사건을 떠올릴 수밖에 없었다. 이 문장들은 모두 이 사회의 거리의 문법이 만든 괴물이 '맹수처럼 거칠고 빠른 물살'의 수면 아래로 가라앉아 버린 한 사건을 가리키고 있으니, 유추컨대 작가 권미호가 이 사회의 수많은 투명인간들에 주목하게 된 계기에는 세월호가 자리하고 있음이 분명하다. 이 섣부른 진단이 틀려도 상관없는 것이 세월호는 특정 사건이 아니라 이웃한 타자의 고통에 대한 모든 '나'의 책임을 의미하는 대명사이기 때문이다.

한 사건에서 비롯되었을 작가 권미호의 응시는 타자의 고통에 대한 공감을 넘어서서 사회가 그어 놓은 경계선 안으로 기꺼이 손을 내미는 행위로 나아가고 있다. 건물과 건물 사이의 어두운 골목길 안, 스쿠터를 타고 달리는 란다의 세계, '투명인간'들이 서식하는 사이-공간 등을 은폐하는 몽상의 환각을 깨기 위해 기어코 안으로 들어가 보려는 권미호의 안간힘이 소설들에 가득하다. 기회가 주어진다면, 허락된다면, 자격이 있다면, 기꺼이 함께 손을 내

밀고 싶다. 작가 권미호가 「관람객」의 그녀처럼 물숨 한 번 먹고 첫숨처럼 '숨비소리'를 토해내던 문장들을 기억하면서.

　작가의 말을 쓰는 것이 어떻겠느냐고 했을 때, 부족한 글에 부족한 글을 덧붙이는 것 같아 쓰기가 망설여졌다. 하지만 재차 권유에 바로 승낙한 것으로 보아 마음속 깊은 곳에는 본연의 나로서 무엇인가를 이야기하고 싶다는 욕망이 있었던 것 같다. 부족한 글들이라고 생각하지만 한 번도 진실하지 않은 적은, 최선을 다하지 않은 적은 없었다고 말하고 싶다. 그때의 그 글을 쓰는 나에게는 그게 최선이었다고. 시간이 흘러 글을 매만지고자 글 속에 들어와 봤지만 글이 다른 결미를 향하여 나아갈 수 있는 길은 이미 막혀 있었다. 그러므로 막힌 곳 앞에 앉아 다짐할 수밖에. 다음에는 조금 더 나아지겠다고. 많은 사람들이 갈 수 있는 길로 나아가겠다고.

　아이가 갖고 싶어 하는 장난감을 사기 위해 아침 일찍부터 가게 앞에 줄을 섰을 때, 지친 일상을 벗어나 새로운 곳으로 떠나기 위한 비행기 안에서 문득 내려다 본 공항 옆 영화관을 보았을 때, 아이 손을 잡고 간 직업체험테마파크에서 '여긴 어디, 나는 누구?'와 같은 감정을 느끼며 그 공간을 바라보았을 때, 그리고… 그리고… 해마다 봄이 오는 4월이 되어도 녹지 않는 결빙이 내 안에 있어 안팎으로 늘 서늘했을 때… 이 글들이 자랐다.

다행히도 부를 수 있어서 행복한 이름들이 많다. 이든이. 언제나 다정한 아이. 저의 없는 너의 다정함이 당연한 세상이 되는 데에 내 글이 조금이라도 쓰일 수 있다면 얼마나 좋을까.

승준 씨, 지금 이 순간 이 글을 쓰는 것은 모두 당신 덕분입니다.

자애로우신 어머님과 나를 낳고 키우느라 고생하신 부모님, 내 큰언니 은정, 동생 지연, 상록에게 고맙습니다.

나와 정말 다른데도 서로의 마음을 들여다보며 같은 곳을 보는 운이, 일상을 의지하고 나누는 벗 현희, 하나, 글친구인 서정, 정애, 미영, 원옥, 혜진에게 경애의 마음을 전합니다.

첫 책을 내겠다고 연락했을 때 흔쾌히 제 손을 잡아준 아시아 출판사와 저의 첫 편집자인 김지연 선생님, 글을 찬찬히 읽어주고 해설해 주신 김영삼 평론가님께 감사합니다.

유한한 세상에서 유한한 것들의 이름을 부르고 쓰고 보내는 나

는 그럼에도 단 하나의 무한한 그 이름, 하나님의 섭리 안에 이 모
든 것이 있음을 믿는다, 믿는다.

2019년 가을 자작나무집에서

유빙이 녹기까지

2019년 10월 30일 초판 1쇄 펴냄

지은이 권미호 | **펴낸이** 김재범
편집 김지연 강민영 | **관리** 김주희 홍희표
디자인 나루기획 | **인쇄·제본** 굿에그커뮤니케이션 | **종이** 한솔PNS
펴낸곳 (주)아시아 | **출판등록** 2006년 1월 27일 | **등록번호** 제406-2006-000004호
전화 02-821-5055 | **팩스** 02-821-5057 | **이메일** bookasia@hanmail.net
주소 경기도 파주시 회동길 445(서울 사무소: 서울시 동작구 서달로 161-1 3층)
홈페이지 www.bookasia.org | **페이스북** www.facebook.com/asiapublishers

ISBN 979-5662-417-2 03810

*값은 뒤표지에 표시되어 있습니다.

이 도서의 국립중앙도서관 출판시도서목록(CIP)은 서지정보유통지원시스템 홈페이지(http://seoji.nl.go.kr)와
국가자료공동목록시스템(http://www.nl.go.kr/kolisnet)에서 이용하실 수 있습니다.(CIP 제어번호: CIP2019038222)